Mónica Conde

LO QUE QUEDA DE MÍ

Mónica Conde

Serie En Secreto #1

LO QUE QUEDA DE MÍ

Título de la serie: En secreto
Título del libro: Lo que queda de mí.
ISBN. 978-1979364317

@miss_mconde y @miss.mconde
Maquetación: Mónica Conde.
Diseño de portada: María José Sánchez.
@cothesanchezartist
Corrección: Marta Ubillos
1ª edición.

A mis abuelos.

Por enseñarme a amar sin límites,

a soñar sin cerrar los ojos

y a volar sin extender las alas.

Capítulo 1

En ocasiones, tendemos a agrandar los problemas y a pensar que las únicas personas en el mundo con dificultades, somos nosotros. Es entonces cuando la vida tiene esa extraña manera de darnos una lección y lanzarnos de bruces contra la realidad. Así es como Mollie Preston despierta una inusual y calurosa mañana de junio en Londres.

Pese al idílico marco que la rodea, no parece ser el mejor día para la abogada. La rubia, entrada en la treintena, tiene uno de esos días en los que la mejor idea parecía haber sido no salir jamás de la cama. Para empezar, su hija pequeña no le ha dejado pegar ojo, la cafetera se ha estropeado y no ha podido tomar su indispensable café para aguantar jornadas maratonianas de trabajo y niñas. Y, por si fuera poco, la niñera de su hija mayor ha contraído una extraña gripe, que más bien suena a resaca de fin de semana. Así que Mollie tendrá que desviarse hoy y acercar ella misma a su hija al último día del campamento de verano.

– Mamá – reclama Kara a su madre –. ¿Podemos leer este libro mientras desayuno? – pregunta mostrando un ejemplar algo especial.

– ¿De dónde has sacado eso, Kara? – pregunta Mollie extrañada, quitándole el libro de las manos con la única que tiene libre. Con la otra, sostiene a la pequeña y prepara el desayuno de sus hijas. – Esto no es un libro, es un diario. ¿Quién te lo ha dado?

– Lo he cogido de tu habitación – se excusa Kara sin inmutarse.

– ¿No sabes que no se puede hurgar en las cosas de los demás? Un diario es algo privado, Kara. No puedes leer los sentimientos de otra persona sin su consentimiento.

– ¿Has escrito tú ese diario?

– No, no es mío. Es de... de otra persona.

– Entonces tú también te estás inmiscuyendo en los sentimientos de alguien – reta a su madre.

– Puedes hacerlo si la persona que los ha escrito te da permiso. A mí me lo regaló tu abuela.

– ¿La abuela ha escrito ese diario?

– Lo cierto es que no lo sé.

– ¿Y quién se lo ha dado a la abuela?

– Kara, podrás leerlo cuando seas mayor.

– ¿Y por qué no ahora? ¿Lo has leído tú?

– No, yo no lo he leído aún. Venga, siéntate y empieza a desayunar. No tenemos mucho tiempo.

– ¿Vas a llevarme tú hoy al campamento? – pregunta extrañada.

– Sí, Kara. Natasha está enferma, así que no tenemos tiempo para un plan B.

– ¿Por qué no me lleva Stella? – propone.

– ¡Kara, empieza a desayunar! – le ordena imperante. –

Stella está de viaje hasta el jueves, ya lo sabes.

Mollie ha pedido un taxi que las recogerá en la calle principal. Se asegura de que tienen todo lo necesario y baja al portal con su hija de doce años. Camina apresuradamente subida en sus altos tacones por Wapping High mirando a su hija mayor.

– Kara, ¿te cuesta mucho sonreír un poquito? A mí tampoco me apetece llevarte al colegio precisamente hoy, pero no tenemos alternativa.

– Es la única cara que tengo, mamá. No puedo poner otra a las ocho de la mañana.

– ¿Ni siquiera puedes hacer un esf...? – le estaba diciendo a su hija en el preciso instante en que siente algo blando y pegajoso bajo sus Louboutin. – ¡¡Aarggg!! ¡Lo que me faltaba! – exclama mirando el excremento que hay en la suela de sus zapatos. Ante esto, Kara no puede evitar soltar una carcajada mirando a su madre. – ¡Ah! Esto sí te hace reír, ¿verdad? Bueno, por lo menos has enseñado esos preciosos dientes, que lo mío me está costando...

– ¿Vas a venir también a recogerme? – se interesa Kara desanimada.

– No sé cómo voy a hacerlo. Tengo que organizarme y llamaré a la profesora Collins para informarla. Tú espérame en la puerta a las cuatro, ¿de acuerdo?

– Sí – accede su hija.

– Buenos días – saluda al taxista una vez las recoge. – Al 9 de Parsons Green. Vamos un poco mal de tiempo, así que si nos deja ahí en menos de diez minutos le pago el doble de lo que marque el contador.

– Lo que usted mande, señora – responde el taxista

justo antes de apretar a fondo el acelerador.

– ¡Madre mía! ¿Es usted el doble de Vin Diesel? ¡Parece que se haya escapado de *Fast & Furious*! – le susurra a su hija al oído.

– Mamá, ¿por qué te dio la abuela ese diario?

– A veces, las madres tenemos que dar lecciones a las hijas para que estas aprendan el significado de ciertas cosas que no alcanzaríamos a explicar con palabras. Así que para ello, utilizamos otros medios que hablan por sí solos. Creo que la abuela quería que aprendiera algo a través de ese diario, algo que quizás ella nunca haya podido mostrarme.

– No he entendido nada de lo que me has dicho. Pero... ¿por qué no lo has leído entonces si es tan importante para la abuela?

– No tengo tiempo, Kara. Me gustaría poder leerlo, pero no tengo tiempo ni para recogerte del colegio. ¿Quieres contarme cómo voy a leer el diario de alguien a quien ni siquiera conozco?

– ¿Por qué no imaginas que son deberes? Los deberes no los puedes posponer o te castigan. Tú misma lo dijiste.

– Vale, lo tomaré como unos deberes. Ahora tus deberes son portarte bien y esperarme a la salida, ¿de acuerdo? Si no puedo venir a recogerte, alguien acudirá. Dame un beso – se despide de su hija antes de dejarla en el colegio y pedirle al taxista que le acerque también a ella a la oficina.

Dicen que las mejores cosas son aquellas que no se planean. Mollie, desesperada, cree haber agotado todas las opciones cuando una visita esa misma tarde, como un milagro caído del cielo, la salva.

Al llegar a casa, una vecina entrada en los ochenta se acerca a su puerta.

– Kara, ¿puedes abrir, por favor?

– Es la señora de al lado, mamá – informa su hija minutos después. – Quiere hablar contigo.

– ¡Mierda! ¡Se me ha quemado la pizza! – se lamenta tratando de disipar el humo que sale del horno. Se deshace del delantal y acude a recibir a su vecina. – Señora Miller, ¿en qué puedo ayudarle?

– Traigo algo de cena que me ha sobrado – indica la anciana mostrándole una deliciosa lasaña. Solo con el olor, Mollie podría alimentarse. Seguro que no habían sido sobras de ninguna cena. Rose Miller es una anciana que vive a dos puertas de la casa que Mollie y su pareja se habían comprado cinco años atrás. Siempre se mostraba amable y trataba a las chicas como si fueran parte de su familia. – Además, un pajarito me ha dicho que alguien necesita que cuiden de Kara. Sé que estás muy ocupada en el trabajo y nada me gustaría más que quedarme con la pequeña – sonríe la señora Miller.

– Pero... no creo que eso sea...

– ¡Me encantaría! – le corta ella.

– Kara está en una edad difícil, señora Miller. Puede que...

– Seguro que sabremos entendernos. Por favor, déjame ayudar.

– Está bien – acepta tras unos segundos de duda. – Tampoco tengo otra opción.

Mollie intenta explicar a su hija mayor que quedarse con la señora Miller puede no ser el plan más apetecible, pero desde luego es el único que hay.

– Kara, por favor. Compórtate, ¿quieres?

– Pero va a ser aburrido, mamá. Es vieja...

– ¡Hija, eso no son modales! Quiero que seas amable con la señora Miller y quiero que te portes bien con ella. Por favor, cariño, es la única alternativa que tenemos – le suplica agachándose para ponerse a su altura. – Prométeme que vas a ser buena con ella e iremos a comer helado a la playa en cuanto termine esto. Kara... – insiste tras no obtener respuesta.

– Está bien... Te lo prometo, mamá.

– ¡Esa es mi niña!

Al día siguiente, Rose Miller acude a su cita con los Preston y llama a su puerta. Mollie recoge a Aileen, su hija pequeña y con ella en brazos se despide de Kara y de la señora Miller.

– Señora Miller, no tiene que hacerlo, de verdad – repite desde el hall.

– ¡Anda, ve a dejar a la niña y a trabajar! No te preocupes por nosotras, estaremos bien.

– De acuerdo. Se lo pagaré, señora Miller. ¡Es usted mi ángel de la guarda!

La señora Miller y Kara se quedan a solas y un silencio abrumador se cuela junto a ellas en el salón. Durante un rato, miran a todas partes, pero ninguna sabe qué decir. Entonces, la señora Miller trata de romper el hielo.

– Bueno, Kara, ¿qué sueles hacer cuando te quedas con tu niñera? – se interesa.

– Tash siempre juega conmigo, pero creo que eso

usted no puede hacerlo... – se sincera mirando a la anciana. – A veces también me lee las historias de sus libros – añade intentando aportar algo útil.

– Me parece una idea estupenda. ¿Tienes algún libro que quieras que leamos? – lo intenta Rose.

– Mmm... En realidad no.

– ¿Por qué no buscas algún libro que quieras que leamos juntas y lo traes? – propone la anciana.

– Bueno... – acepta. Kara corre a su cuarto y vuelve rato después con un libro antiguo con las solapas gastadas. – El otro día encontré esto en el cuarto de mamá. Creo que es un diario. Ella no me deja leerlo, dice que son los sentimientos más profundos de alguien y que no debemos hurgar en la intimidad de la gente. Pero la abuela se lo dio para que comprendiera no sé qué y ni siquiera sabe quién lo ha escrito. ¿Usted cree que podemos leerlo?

– Vamos a intentarlo. Seguro que quien lo escribió no va a molestarse. Si lo ha entregado a alguien en lugar de quedárselo es porque no le importa que alguien más lo lea. Puede que quisiera compartirlos. Déjame verlo. Siéntate aquí – indica mostrándole a Kara un asiento junto a ella.

Kara toma asiento junto a la anciana y esta comienza a leer con pasión.

Capítulo 2

2 de julio de 1939

Era un mes de julio especialmente caluroso en Liverpool y el sol se reflejaba en mis ojos castaños. Pasmada en el andén de la estación, esperaba inquieta la llegada de mi reciente marido, Henry Aldridge, quien acababa de finalizar sus estudios en la Universidad de Oxford. Nos convertimos en marido y mujer el pasado invierno, pero Henry regresó a Oxford unos días después y desde entonces, apenas nos habíamos visto.

Mis piernas temblaban como si fuera la primera vez que fuéramos a vernos. Llevaba tanto tiempo esperando ese momento, que no podía creer que fuera a tenerle por fin junto a mí para siempre. Ya no habría más viajes, no habría millas de por medio, ni nada que pudiese separarnos nuevamente.

Abbie y yo llegamos unos minutos antes de la llegada del tren. Creo que eso hizo que me pusiera aún más nerviosa. Esperar en aquel andén me mantuvo en vilo durante unos minutos interminables que se tornaron horas para mí.

– ¡Deja de mover las piernas de ese modo, Lexie! Parece que te estés orinando encima – bromeaba mi hermana pequeña.

– ¡Oh, cállate, Abbie! ¡Muero de ganas por verle! – exclamé imaginando cómo habría cambiado Henry desde la última vez que lo vi. Es cierto que la universidad le había vuelto aún más culto y sofisticado y, sin duda, eso le hacía parecer todavía más atractivo.

– Sí, de verle y de que te convierta en mujer de una vez – reía ella de forma divertida.

– ¡No seas grosera, Abbie! ¡Ni siquiera deberías hablar de eso hasta que no seas mayor de edad! – protesté indignada. Sin embargo, algo me hizo pensar en las palabras de la pequeña Abbie, ya no tan pequeña. Desde que Henry y yo contrajimos matrimonio, no habíamos tenido siquiera ocasión de hacer el amor. No es que eso me preocupase en exceso, pero si nos demorábamos mucho puede que la gente comenzase a pensar que no podía tener hijos y no quería que eso ocurriese. Yo quería tener hijos, como todas las mujeres de mi edad. Quería al menos uno, aunque Henry prefería tener más de dos, pero aún no habíamos tomado ninguna decisión concreta respecto a eso. Tendríamos que hablar seriamente de ello en las próximas semanas.

– Está bien, ya me callo. Pero mi silencio no hará que dejes de ser virgen, hermanita. Deberías hacer algo para cambiarlo, algo más que imaginarlo.

La sirena interrumpió nuestra conversación, para mi

fortuna, y anunció la llegada del siguiente tren. Era el tren de Henry y Callum. Henry avisó que vendría con un compañero americano de la universidad a pasar el verano en casa. Ambos habían establecido una estrecha relación durante el periodo universitario y querían festejar el fin del mismo por todo lo alto.

Me levanté de golpe y observé detenidamente cómo el tren entraba en la estación. Algo dentro de mí dio un vuelco. Sentí que mi estómago encogía y tragué saliva. Un nudo se ató en mi interior y apenas podía respirar. Las piernas comenzaron a temblarme y parecía que no fueran a aguantar el peso de mi cuerpo y quebrarse. Intenté tranquilizarme, tomé aire profundamente, respiré hondo e inspiré varias veces. Henry no podía verme de ese modo o pensaría que era lerda. El tren llegó hasta el fondo del andén y, a continuación, al fin se detuvo.

Enfundada en mi mejor vestido, con el pelo recogido en una larga coleta y los labios perfectamente dibujados con carmín rojo, esperaba impaciente a mi marido. Trataba de zafarme del sol colocando la mano sobre mi frente e intentaba vislumbrar la cara de mi marido tras las cristaleras de los vagones. No podía ver nada, pero sabía que él podía verme a mí, así que sonreí expectante. La puerta se abrió y decenas de personas comenzaron a descender de los vagones y abrazaban emocionadas a aquellos que les esperaban en el andén. Yo miraba a unos y otros sonriente, sin quitar ojo de las puertas por las que debía salir, también, mi marido Henry. Decenas y decenas de personas abandonaban los vagones portando enormes equipajes, pero ninguno de ellos era Henry. ¿Acaso habría perdido el tren? No, eso no era posible. Henry avisó de que vendría en ese tren, tenía que estar en él y llegar a Lime Street a las 11.47. Tenía que estar allí.

– Lexie – me susurró Abbie al oído.

Miré donde me indicaba su cabeza. ¡Allí estaba! ¡Era Henry sobre las escaleras de uno de los vagones! En su mano izquierda portaba su equipaje, en la derecha un precioso ramo de rosas y en su bello rostro una enorme sonrisa. En menos de dos segundos eché a correr y me tiré a sus brazos.

– ¡Henry! – exclamé radiante de felicidad mientras le abrazaba y besuqueaba. – Pensé que ya no vendrías.

– ¿Cómo no iba a venir, Lexie? ¡Moría por verte, amor! – me confesó antes de darme, durante uno segundos, otro romántico y apasionado beso. – ¿Recuerdas que te hablé de Callum? – indagó justo antes de hacerse a un lado. Del mismo vagón del que había descendido Henry segundos antes, un apuesto joven se hizo paso. Su pelo moreno y su penetrante y oscura mirada hicieron mi cuerpo estremecer. Así que aquel era el joven que se iba a entrometer en mi luna de miel, del que deberíamos hacer de niñeras todo el verano...

– Callum Hetfield. Encantado de conocerte, Lexie – comenzó muy amablemente. – Henry no ha dejado de hablar de ti en todo este tiempo. Siento como si te conociera de toda la vida – sonríe sin dejar de mirarla.

– Lo mismo digo – saludé tratando de ser educada.

– Yo soy Abigail Buckley. Abbie, la hermana de Lexie – intervino también mi hermana con una inquietante sonrisa. Conocía a mi hermana y sabía bien lo que pretendía. En pocos días cumpliría la mayoría de edad y parecía estar haciendo un concurso para ver con qué caballero se comprometería.

Volví mi vista hacia Callum. Había algo en él por lo que no podía mirar a otra parte. Su aspecto duro, su oscuro cabello y sus marcadas facciones contrastaban con el chico que tenía al lado. Su constitución atlética y su barba de unos días le hacían parecer mayor que él, a pesar de ser ocho meses menor. Henry a su lado se veía algo enclenque, pese a que no lo estaba en absoluto. Sus ojos azules y su cabello dorado le hacían parecer más dulce si cabe al lado de su amigo estadounidense.

Los cuatro juntos fuimos a comer a un restaurante en London Road. Tomamos asiento junto a la ventana y conversamos durante un rato.

– ...así que por fin somos licenciados. Tendremos que salir a celebrarlo, ¿no? – admite Henry sonriente. – ¿Qué os parece si vamos a bailar esta noche? – propuso mirándonos a los tres, esperando una respuesta.

– No creo que mamá me deje salir por la noche aún. Pero en unos días podré hacer todo lo que quiera – aseguró Abbie con una gran sonrisa. En pocos días cumpliría la mayoría de edad y estaba convencida de que ese día todo cambiaría, como si fuese a convertirse en una adulta de un día para otro.

– Bueno, ya nos encargaremos de eso. ¿Vosotras

queréis venir? – insistió de nuevo con una sonrisa.

– Henry... – intervine.

– ¡Sííí! – exclamó Abbie emocionada.

– Llevas mucho tiempo fuera, deberías quedarte en casa y descansar – propuse por mi parte. Pero ellos seguían entusiasmados con su plan. – ¿Es que nadie me escucha? – traté de sacarles de su utopía.

– ¡Vamos, Lexie! – animó mi hermana. – ¡No seas aburrida!

– Lex, vamos a divertirnos como tú y yo sabemos – sugirió Henry clavando sus verdes ojos directamente en los míos.

– Está bien – acepté finalmente esbozando una ligera sonrisa. ¿Acaso existía algún modo de resistirse a esa mirada?

Regresamos a casa y ayudamos a Henry y Callum a terminar de instalarse. Pasamos el resto de la tarde charlando y escuchando sus anécdotas sobre la vida universitaria en Oxford. Ya con el día llegando a su fin, Abbie y yo nos arreglamos en mi cuarto, mientras Henry y Callum se vestían en el de mis hermanos. Habitualmente, Abbie y yo compartíamos habitación, al igual que lo hacían Arthur y Alfred, mis hermanos pequeños. Sin embargo, para estos días mamá había decidido que Henry y yo compartiéramos cuarto, mientras que Callum dormiría con Art y Alfie, y Abbie lo haría junto a mamá. Solo sería durante unos días, ya que Henry y yo estábamos a punto de mudarnos juntos a un apartamento en Aintree. Los padres de Henry nos lo habían dejado como regalo de bodas pero, puesto que aún no habíamos tenido tiempo de convivir, nos estábamos reservando para trasladarnos a su regreso de Oxford.

Lo cierto es que, de alguna manera, me apenaba dejar a mamá y a mis hermanos en nuestra casa de Bootle. Tenía tantos recuerdos almacenados allí dentro, que no alcanzaba a llevarlos todos en mi equipaje. Prácticamente toda mi vida había transcurrido entre esas cuatro paredes y ahora que iba a irme, tenía la sensación de que había crecido de golpe, como si tuviera que convertirme en adulta de un día para otro. A diferencia de Abbie que ansiaba ser mayor, yo siempre pensé que convertirte en adulto no era nada bueno. Había tenido que aprender a serlo demasiado temprano, cuando papá murió ocho años antes.

– ¿Estáis listas? – preguntó Henry tras llamar a la puerta, que estaba abierta.

– Creo que sí – afirmé sonriente dando una vuelta para que pudiera admirar mi conjunto.

– Ya lo creo – admitió agarrándome la cintura y dándome un fuerte beso. – Ese vestido te queda de miedo – me susurró al oído – aunque tengo más ganas de quitártelo que de vértelo puesto – sonrió.

Llegamos al pub en el coche de Henry. Abbie y Callum charlaban en la parte de atrás, mientras Henry conducía con su mano derecha apoyada sobre mi pierna.

Tras estacionar, tomamos asiento en una de las mesas redondas situadas alrededor de la pista y pedimos unas bebidas. Abbie visitó primero el aseo y nosotros la esperamos en el sofá que rodeaba una mitad de la mesa.

– ¡Lexie! – escuché a mi izquierda.

– ¡Betty! – sonreí. – ¡Paddy! – exclamé de nuevo al ver al chico moreno de pelo rizado que la acompañaba. – ¿Cómo estáis? ¿Queréis sentaros con nosotros? Abbie está en el lavabo, vendrá en seguida – ofrecí a los chicos. – Él es Henry, mi marido. Y su amigo Callum, que es de Estados Unidos. Beth y Paddy eran compañeros de clase de Abbie en la escuela.

– Encantada – respondió Bethany saludando con energía. Patrick repitió el gesto de su novia, solo que más calmado.

Siempre me había parecido curioso la extraña pareja que formaban Bethany Campbell y Pattrick Jenner. Ella, con su largo cabello pelirrojo y sus enormes ojos avellana, desprendía dulzura y vitalidad por todos los poros de su piel. Patrick, o Paddy como solían llamarle, si bien también era un chico dulce y amable, era mucho más tranquilo. Quizás no llamaba tanto la atención cuando estaba solo, pero al lado de Beth, Paddy parecía que llevase siempre las pilas a punto de agotarse.

Cuando llevábamos un rato charlando y riendo, Betty y Paddy decidieron salir a bailar. Entonces, Henry pasó su mano detrás de mi cuello y me acarició el hombro.

– Te he echado de menos, Lexie – confesó de manera romántica con su boca a pocos centímetros de la mía. – Tenía muchas ganas de volver contigo y estoy deseando compartir cada día de mi vida a tu lado, en nuestra nueva casa.

– Yo también te he echado mucho de menos, Henry. Pero ya no te vas a escapar más – sonreí como una tonta.

– Bueno, ¿es que mi cuñado no va a invitar a una guapa jovencita a bailar? – propuso poco sutilmente mi hermanita.

– Claro, Abbie – aceptó Henry. – En seguida vuelvo – indicó dándome un beso en la mejilla.

Henry se levantó, agarró a Abbie de la mano y juntos se dirigieron a la pista, donde segundos antes había acudido la extraña pareja de jóvenes. A pesar de bailar con Abbie, Henry no me quitaba el ojo de encima.

– Henry no ha dejado de hablar de ti todo el año – comenzó Callum tratando de mantener una conversación conmigo.

– ¿Ah, sí? – respondí yo. Nunca he tenido el don de hablar con facilidad con gente a la que acabo de conocer. Es cierto que no puse mucho empeño esa vez, pero tampoco tenía ganas de hablar con él. ¿De qué iban a hablar dos personas como nosotros?

– Sí, siempre ha dicho lo enamorado que estaba de ti y presumía constantemente de lo guapa que era su mujer – sonrió. Desde luego estaba intentando ser agradable, pero yo solo hice una mueca tratando de que pareciera una incipiente sonrisa.

Se hizo un silencio algo incómodo entre nosotros, pero creo que eso era exactamente lo que yo buscaba.

No dejaba de mirar a Henry, que se acercó a nosotros y pegó un trago a su vaso. Se aproximó a Callum, agarró su puño, le dijo algo al oído y los dos rieron a carcajadas. Me guiñó un ojo y volvió al lado de Abbie para seguir moviendo el esqueleto.

Me miraba de vez en cuando y su sonrisa no desaparecía. Nunca había visto a Henry tan radiante. Si bien siempre había sido un joven muy atractivo y solía tener un carácter afable, siendo muy fácil de llevar, nunca le había visto desprender ese halo de felicidad. No descartaba que fuera por mí, de hecho tenía bastante que ver con ello; pero debía admitir, por mucho que me costase, que tener a Callum a su lado le había vuelto tan alegre como él. Y eso debía agradecérselo infinitamente. Hasta un ciego podía ver que había nacido entre ellos una relación muy cercana que se había convertido, sin duda, en una amistad de esas que podría durar toda la vida.

– Lexie, ¿te apetece bailar? – me propuso el americano.

Me quedé mirándole fijamente unos segundos. Después de todo, puede que Callum no fuera tan malo. Quizás estaba siendo un poco injusta con él, solo porque había venido a casa el verano en que se supone que debía disfrutar de mi marido. Podría darle una oportunidad y que me demostrase qué clase de chico era en realidad.

– Me encantaría – respondí con cortesía.

Callum me invitó a levantarme y juntos nos

dirigimos a la pista a solo unos metros de nuestra mesa. Al pasar junto a Henry y Abbie, este me miró de un modo morboso con una sonrisa entre sus labios, como si le gustase ver que congeniaba con su querido amigo, pero en el fondo le molestase algo el hecho de que fuera otro con el que bailaba.

Bailamos al ritmo de *Glenn Miller* o *The Andrews Sisters* entre otros, durante gran parte de la noche. Solo hicimos breves pausas para descansar de vez en cuando. Hacía mucho tiempo que no me divertía tanto junto a Henry. Todos aquellos meses en la universidad casi habían conseguido que me olvidara de lo feliz que podía llegar a sentirme a su lado.

Regresamos a casa tarde, tratando de hacer el mínimo ruido para que, ni mamá, ni mis hermanos, despertasen. Abbie entró cuidadosamente en la habitación de mamá, pero Callum prefirió pasar la noche en el salón para no despertar a los chicos.

Entré en mi cuarto junto a Henry. Llegué tan cansada que apenas me dio tiempo a cambiarme de ropa. Me derrumbé cual Torre de Babel y caí en los brazos de Morfeo tan pronto como mi cuerpo rozó la cama.

Capítulo 3

3 de agosto de 1939

El sol entrando por mi ventana hizo que despertara. Noté algo a mi espalda y di media vuelta. Allí estaba él. Henry, casi por primera vez. Llevaba meses soñando con este momento, el momento en que despertase con los rayos de sol iluminando su dulce rostro junto a mí.

– Buenos días – dijo él con cara de recién despierto. Hasta así estaba guapísimo.

– Buenos días – respondí yo con un beso en los labios.

Henry me devolvió el beso. Me dio uno y luego otro, y otro, y otro, y otro. Comenzó a besarme apasionadamente, colocándose sobre mí.

– Me gusta mucho la idea de despertarme siendo tú lo primero que vea – confesó Henry antes de seguir besándome sin parar.

Deslizó su mano bajo mi camisón, acariciándome

los pechos lentamente, lo que hizo que mi respiración comenzara a acelerarse. Subió mi vestido hasta la cintura y me besó suavemente el ombligo. Sentí una mezcla entre cosquillas y placer que provocó una sonrisa en mi cara. Finalmente se deshizo de mi camisón y se quitó él también el pijama. Tenía el torso más bonito que hubiera visto en mi vida. No es que hubiera visto demasiados, el de mis hermanos, papá y creo que ninguno más, pero sabía apreciar cuándo algo era bonito a pesar de no tener con qué compararlo.

Henry continuó besando mi ombligo, mis caderas y mis piernas. Estaba tremendamente nerviosa y mi respiración agitada lo hacía latente.

– Tranquila, mi amor – trató de calmarme Henry. – No pasa nada.

Henry volvió a centrarse en mi cuerpo. Me acarició de nuevo los senos y, sin apenas darme cuenta, solté un intenso gemido. Agarré su pelo y me estremecía cada vez que alguna parte de él rozaba mi cuerpo. Esto era mejor de lo que imaginaba.

– Siempre me ha gustado tu piel tan suave – comentó Henry dulcemente. – Consigue que me excite con solo rozarte, Lexie.

Ese comentario sí que me excitaba a mí. Henry me quitó la ropa interior y se deshizo de ella, no alcancé a ver cómo. También lo hizo con la suya.

Volvió a las suaves caricias y los dulces besos que me hacían sentir especial, como si me lanzase un íntimo mensaje con cada uno de ellos. Recorría mi cuerpo desnudo de arriba abajo y de pronto, continuó, esta vez con la lengua húmeda, haciendo pequeños dibujos sobre mi piel. Era una sensación de lo más extraña, pero me gustaba.

Henry, con su cara frente a la mía, me dirigió una enigmática mirada justo antes de bajar hacia mis piernas. Las separó suavemente y comencé a estremecerme agarrando con fuerza las sábanas. Tras unos largos e intensos minutos, Henry se reincorporó y volvió a mi altura. Sus ojos se clavaron en los míos. Noté su mano de nuevo en mi pubis y cómo sus dedos exploraban mi interior. Percibí lo húmedos que se tornaban sus dedos, me agarró la cadera y noté su miembro entrando dentro de mí.

Hicimos el amor por primera vez, lenta y delicadamente, tras meses de espera. Los nervios que sentía al principio, desaparecieron pronto gracias a su ayuda y se tornaron en un inmenso placer y una enorme felicidad.

Henry se tendió a mi lado y ambos nos escondimos bajo las sábanas. Tenía mi rostro adornado por una inmensa sonrisa y pude ver algo en él que me hizo pensar que estaba tan feliz como yo.

– Te quiero, Lexie Buckley.

– Aldridge, Henry. Lexie Aldridge – corregí divertida.

– Es cierto, tengo que acostumbrarme a que ya eres mía para siempre – corrigió alegre junto a mí haciéndome cosquillas.

– Yo también te quiero, señor Aldridge – respondí yo esta vez.

Henry me rodeó con sus brazos y permanecimos en silencio durante unos minutos hasta que volví a quedarme dormida. No me pareció que hubiera pasado mucho tiempo cuando desperté sintiendo sus labios sobre los míos.

Cuando salimos finalmente de la habitación, descubrimos a Callum jugando al fútbol con mis hermanos, Arthur y Alfred. Mamá cosía un vestido y Abbie había salido a dar una vuelta con alguien.

Pensamos en ir esa tarde a ver una película. La semana pasada habían estrenado la nueva de John Ford, *El pequeño Lincoln*, con Henry Fonda, así que decidimos entrar a verla. Cuando comenzamos a salir juntos, Henry y yo solíamos ir a menudo a ver películas. Todo comenzó como un pasatiempo más pero, poco a poco, empezamos a ir cada domingo, hasta que llegó a convertirse casi en una tradición. Echaba de menos aquella tradición nuestra y ansiaba retomarla, aunque para ello tuviéramos que compartirla con alguien más.

– Ha estado muy bien – comentó Callum tras salir del cine. – Me gusta mucho cómo dirige John Ford.

– Sí – afirmó Henry. – A mí también me gusta y me parece muy interesante el tándem que hace con Henry Fonda.

– Es la segunda película que hacen juntos este año y algo me dice que no serán las únicas – añadí yo.

– ¿Qué os parece si vamos a tomar algo donde el

viejo Carroll? – propuso Henry espontáneamente.

A ambos nos pareció una idea estupenda, así que caminamos hasta Canning Street, muy cerca de la, por entonces inacabada, Catedral Anglicana de Liverpool. Entramos en *The Court*, un bar regentado por un viejo del pueblo con pinta de pirata borracho, Erwin Carroll. Carroll era un veterano de la guerra de los Boers, de la que no dejaba nunca de contar anécdotas, como si de lo más interesante de su vida se tratase.

– Bueno, contadme cómo os conocisteis – curioseé animada. – ¡No me lo digáis! En la biblioteca, ¿verdad? – bromeé. Los tres reímos a carcajadas.

– Cuéntaselo tú, Callum – le animó Henry con un manotazo en el hombro.

– Estábamos en la pista de atletismo, preparándonos para las competiciones deportivas contra Cambridge. Estaba entrenando tan duro que di un mal paso y caí al suelo. Se me salió el hombro izquierdo y estuve bastante tiempo sin poder hacer absolutamente nada con él.

– Le empezaron a llamar el *Jelly Yanqui*, el yanqui de gelatina – reía Henry recordándolo.

– Sí, bueno, fue simplemente un mal comienzo – aportó Callum.

– Sí, un mal comienzo – se burló Henry. Yo escuchaba la historia mirando a uno y a otro, como si de un partido de tenis se tratara.

– Afortunadamente, Henry supo cómo colocarlo – sonreía. – La experiencia de tener una madre enfermera enseña mucho, parece.

– Sí, menos mal que me crucé en tu camino, chico de goma – continuó bromeando mi marido. – Mucho músculo y realmente es el más blando de los dos – reía dándole un puñetazo en el brazo a su amigo.

– Sí, más quisieras – respondió Callum sonriente, devolviéndole el gesto a Henry. – ¿Y vosotros? ¿Cómo os conocisteis? – investigó Callum.

Miré a Henry, nuestras miradas se cruzaron y me teletransporté a aquel preciso momento.

– Fue hace tres años – comencé. – Acababa de recoger a los niños del colegio y Abbie y yo les llevábamos a dar un paseo por Albert Dock, el puerto de Liverpool. Quise comprarle un helado a mis hermanos, pero entonces me di cuenta de que no tenía suficiente dinero para todos. El señor que los vendía se enfadó mucho, mis hermanos no habían podido esperar a tomárselos – reí avergonzada. – Afortunadamente, Henry apareció en el momento oportuno para que aquel señor no me hiciera nada y se ofreció a pagar todos los helados.

– Henry, eres nuestro héroe – bromeó Callum. – De no ser por ti, ninguno de los dos estaríamos aquí hablando de esto – rio.

– Dimos un paseo los cinco por el puerto – continué. – Después, se ofreció a acompañarnos a casa y, desde ese día, comenzamos a vernos asiduamente. Hasta que me enamoré de él.

– ¡Pero bueno! – exclamó Mollie al entrar en la

habitación de Kara, interrumpiendo la lectura. – ¿Qué hace esta señorita aún despierta? ¡A dormir ahora mismo, Kara!

– Perdona, Mollie – se disculpa la señora Miller cerrando el diario. – Ha sido culpa mía. Estábamos muy entretenidas. Ya lo dejo – asegura con una beso en la cabeza de la pequeña Kara.

Kara se tapa con el edredón y se acurruca. La señora Miller abandona la habitación y Mollie mira a su hija, apaga la luz y cierra la puerta tras de sí. Acompaña a su vecina al salón y le ofrece una taza de té.

– Señora Miller, Stella volverá el sábado.

– ¡Eso es estupendo! ¿Quieres decir que ya no me necesitarás?

– Bueno, no exactamente. Volverá a marcharse el lunes por la mañana. Tiene un meeting en Zúrich la semana que viene. Me preguntaba si... Bueno, si le importaría...

– ¿Quedarme más tiempo con Kara? ¡Por supuesto que no! ¡Esa niña es un encanto! – admite ella.

– ¡No sabe cómo se lo agradezco, señora Miller! Pero me gustaría hablar de dinero. Yo...

– No, no, no. No tienes que pagarme, Mollie. Lo hago porque quiero. No tienes que pagarme nada.

– Lo sé, señora Miller, pero yo...

– ¡No hay más que hablar! No voy a aceptar que me pagues, Mollie. Si quieres que te ayude vas a tener que dejarme hacerlo a mi manera.

Mollie mira a la señora Miller no muy convencida y finalmente acepta.

– No sé cómo voy a agradecérselo, señora Miller. ¡Muchísimas gracias!

Capítulo 4

Rose Miller regresa al día siguiente a recoger a Kara al colegio. Se acercan a casa de Mollie y continúa leyéndole a Kara el diario encontrado.

10 de julio de 1939

Henry y yo comenzamos a llevar cosas de casa de mi madre a nuestro nuevo piso en Aintree. Poco a poco íbamos moviendo cosas de un sitio a otro para poder establecernos en nuestro nuevo nidito de amor en pocos días.

– ¿Dónde quieres que ponga esto, Lex? – preguntó Abbie, sujetando una caja repleta de objetos personales que guardaba en mi habitación.

– Déjalo en ese hueco de ahí – indiqué. – Ya lo colocaré después en nuestro cuarto. ¡Eso va a la habitación principal, Callum! – repliqué elevando el tono cuando vi a Callum con otra de las cajas por el pasillo.

– ¿Qué es todo esto? – preguntaba Abbie extrañada al descubrir un nuevo paquete. – ¿De dónde has sacado toda esta ropa, Lex? No la habrás robado, ¿verdad? – reía. Obviamente, estaba bromeando.

– ¡Ah! La señora Aldridge, la madre de Henry, me la ha regalado. Tiene más y esa apenas la utilizaba ya. Puedes echar un vistazo si te apetece, seguro que encuentras algo de tu agrado – ofrecí.

– ¿En serio? ¡Gracias! – saltó emocionada a mis brazos. Me besó en la mejilla y se dispuso a investigar el contenido de la bolsa, como si de un gran tesoro se tratase. Aunque, para nosotras, era algo realmente parecido.

– Henry, tienes que volver a darle las gracias a tu madre – comentaba a mi marido. – Abbie ha descubierto el paquete en el salón. ¡No sabes lo entusiasmada que está! – le informé alegremente.

– No te preocupes, lo haré si así lo deseas, pero mi madre no la necesita ya. Ella ya no puede ponerse todo eso. Además, tiene tantas prendas que parece que las coleccionase. De veras, si hay algo que le sobra a mi madre es ropa. Ni siquiera creo que mi padre sea consciente de todo lo que mi madre posee. De ser así, estoy seguro de que haría algo para frenarlo – ríe.

Besé a Henry en los labios y lo acompañé de una sonrisa. Di media vuelta para seguir con el trabajo, pero su voz me frenó.

– ¡Lexie! – me reclamó.

– ¿Sí?

– ¿Eres feliz? – una sensación muy intensa me recorrió todo el cuerpo, de los pies a la cabeza y culminó dibujando una enorme sonrisa en mi cara. Me acerqué a él, a solo unos centímetros de su cara y le contesté:

– Soy muy feliz, Henry. Gracias a ti. Y no veo la hora de venir aquí a vivir contigo de una vez por todas. Solos tú y yo – sentencié justo antes de besarle.

– Queda menos de lo que imaginas para eso. En unos días estaremos sentados en ese sofá y nos acurrucaremos mientras escuchamos la BBC. Y, muy pronto, veremos cómo Henry Jr. corre por este salón – imaginaba.

– ¿Henry Jr.?

– Bueno, podemos ponerle otro nombre si no te gusta – sonrió.

– No, no es eso. Me gusta Henry pero, ¿qué te hace pensar que tendremos un niño primero?

– ¿Quieres que sea una niña?

– Prácticamente he criado a todos mis hermanos, pero Abbie es demasiado mayor como para manejarla – reí. – Me gustaría experimentar lo que es ver crecer a una niña. Me refiero, siendo plenamente consciente de ello. Con un año de diferencia apenas me he dado cuenta.

– Si tenemos una niña, ¿vas a enseñarle a vestirse igual de bien que tú? – inquirió abrazado a mí.

– Puedo enseñarle lo que tú quieras – respondí.

– ¿Sí? ¿Vas a enseñarle a bailar también?

– Puedo hacerlo – sonreí.

– ¡Perfecto! Pero tendrás que enseñarme a mí primero. Sabes que tengo dos pies izquierdos.

– ¡Serás mentiroso! – me carcajeé. – Deberías enseñarme tú a mí, Henry. Parece que tuvieras sangre latina en tus venas, porque llevas el ritmo en la sangre.

– ¡Tortolitos! – nos reclamó Abbie con gesto serio. – ¿Podéis dejar de besuquearos y ayudar un poquito? ¡Que es vuestro hogar!

– Sí, ya vamos. Pero, ¿podría ser con una bonita sonrisa? – bromeé.

Abbie fingió una sonrisa que quedó demasiado forzada y desapareció en el salón.

Ordenamos parte de la mudanza durante toda la mañana, paramos para comer algo y seguimos durante la tarde. Acabamos tan exhaustos que ni siquiera tuvimos opción de llegar a casa de mamá. Caímos rendidos en medio del salón, sobre unas telas que habíamos colocado para no manchar.

Al día siguiente, Henry había propuesto enseñar a Callum las maravillosas aguas del río Mersey. Para ello, condujimos hasta una de las orillas y, con un precioso paisaje de fondo, mostramos a Callum la belleza de la ciudad de Liverpool.

Abbie se apuntó a nuestro plan y acudió con Betty y Paddy, con quienes compartimos un fabuloso picnic.

– ¿Te gusta, Callum? – pregunté con curiosidad.

– Es precioso – respondió con su inquietante sonrisa.

– Paddy, ¿qué ocurrió el otro día en el trabajo? He oído que el señor Morris echó a uno de los chicos – curioseó Abbie. Paddy trabajaba en la fábrica de coches, propiedad de Walter Owen Bentley.

– Sí, el viejo les cogió con las manos en la masa mientras se llevaban dinero de las oficinas. No era la primera vez que lo hacían, llevaban sustrayendo dinero desde que nos cambiaron los turnos. En algún momento tenían que cogerles.

– ¿De veras? – exclamó una sorprendida Betty. – ¡Qué sinvergüenzas! ¿Cómo puede la gente hacer algo así?

– El padre de Ted Romley, uno de los chicos a los que pilló robando, cayó enfermo hace unos meses y por lo visto, su familia está gastando una gran cantidad de dinero en atenderle. Están pasando por una situación económica complicada. Y el viejo no es que pague muy bien, Betty.

Pero, ¿por qué no le pidió un adelanto? ¿O un aumento de sueldo? – intervine.

– Creo que lo hizo, pero el viejo Morris no atiende a razones. Es un déspota.

– ¡Paddy! – le riñó su novia.

– Bueno, Paddy, ¿para cuándo la gran pregunta? Lleváis ya casi tres años saliendo. Es hora de que Betty se convierta en la señora Jenner, ¿no crees? – curioseó la atrevida de mi hermana.

– ¡Abbie! No es asunto tuyo – traté de zanjar el

tema.

– Bueno, ya hemos hablado del tema – contestó una animada Betty, haciendo caso omiso a la mano que acababa de tenderle. – Queremos esperar a que yo cumpla la mayoría de edad.

– ¡Eso es fabuloso! Pero para eso queda menos de un mes... – se quejó mi hermanita.

– Lo sé, no es que pensemos casarnos en un mes. Pero entonces, Paddy me lo pedirá y podremos contárselo a mis padres. Puede que para el verano que viene tengáis que compraros un vestido nuevo – comentó emocionada la pelirroja.

– ¿Qué lees, Lexie? – me interrogó mi marido al verme ojear el *Liverpool Echo* del día.

– ¡Oh, nada! Estaba leyendo la noticia sobre el joven cuyo cuerpo fue encontrado el lunes flotando en el río. Parece que se está barajando la posibilidad de un suicidio y ya habían señalado a medio vecindario como artífices de lo ocurrido.

– Sí, he oído que tenía problemas con el alcohol – añadió Betty.

– ¡Oh! ¿Y habéis escuchado que hay peligro de guerra? – propuso Abbie interesada a propósito de un artículo junto al que yo misma acababa de leer.

– Sí, parece ser que Alemania tiene ansias de protagonismo en Europa – opinó Henry. – El Fürher es un cantamañanas que va a intentar imponer su criterio cueste lo que cueste.

– Pero, ¿creéis que eso nos afectará de alguna manera? ¿De veras vamos a entrar en guerra con los alemanes? – preguntó Betty con gesto de preocupación. Tras plantear la pregunta, me miró, buscando aprobación en mí. Ni siquiera había hablado con ella sobre el tema, pero podía entender su inquietud. Yo también me negaba a pensar que el país fuera a entrar en guerra de nuevo. Ni siquiera me atrevía a pensar que eso fuera una posibilidad. Simplemente, evitaba hablar del tema, como si creyese que algo así no fuera a ocurrir por no nombrarlo.

– Es posible, Betty – explicó mi marido. – Estoy seguro de que Hitler hará algo que moleste tanto al gobierno, que no le quede más remedio que declararle la guerra.

– ¿Y no hay alguna posibilidad de que no todos tuvierais que acudir? – buscaba Betty algo de esperanza.

– ¿Con la Ley de instrucción militar? Es imposible – anunció Henry con tristeza. Y buscó mi mano para colocar la suya sobre ella y dirigirme una mirada cómplice.

– Será difícil para todos si eso ocurre – admitió mi hermana pequeña. – Solo espero que, cuando ese día llegue, tenga a alguien a mi lado que me quiera tanto, que no sea capaz de dejarme sola – comentó ávida, mirando de reojo a Callum.

– Abbie, deberíais iros ya – recordé. – Mamá te espera a las tres y media.

– Sí, tienes razón. Ya me voy.

Abbie tenía que volver a casa y Paddy y Betty decidieron acompañarla para, más tarde, visitar a la abuela de Betty que había caído enferma. Henry se ofreció a llevarles en coche, pero el padre de Betty les recogería a diez minutos, así que no merecía la pena.

Callum, con su locura americana, propuso un baño en el río y, sin mediar palabra, se despojó de toda su ropa y saltó al agua. Henry hizo lo mismo que su amigo y, tal y como Dios le trajo al mundo, se lanzó también al río.

– ¿Estáis locos? – grité a siete metros de distancia. – ¡Ni siquiera hemos traído bañador! ¡Y está prohibido bañarse en esta parte del río! ¡Vais a buscaros problemas!

– ¡Venga, Lexie! – intentó convencerme Callum. – ¡El agua está buenísima!

– ¡Quítate ese precioso vestido y ven aquí con nosotros! – sonreía mi marido, mirando cómplice a su amigo.

– ¡Ni hablar! ¡No pienso hacerlo!

– ¡Ven al agua, Lexie! – volvió a intentarlo mi marido. – ¡Está muy buena!

– ¡No! ¡No voy a desnudarme aquí!

– ¡Venga, Lexie! ¡Cerraremos los ojos! – aceptó el americano con una intrigante sonrisa.

– ¡No, no! ¡De eso nada! ¡Con los ojos abiertos! ¡Igual que nosotros! – reían.

Me miraron de una manera que, no sé por qué extraña razón, hizo que pensara que no era tan mala idea. Me deshice de mi vestido y lo deposité, tímidamente, sobre la orilla. De pronto me volví a sentir decorosa y cesé en mi intento de acompañarles. Crucé los brazos sobre mi cuerpo, intentando taparme, pero fue en vano. Vi que comentaban algo entre ellos, pude intuir que hablaban sobre mí.

– Es una chica especial, ¿verdad? – buscó Henry la aceptación de su amigo.

– Es una chica muy especial, Henry – corroboró Callum. – Tienes suerte de haberla encontrado.

– Lo sé – sonrió Henry orgulloso. – Voy a confesarte algo, amigo mío. Me da miedo que la guerra se haga real, me da miedo por ella. Sé lo que ha sufrido al no poder estar a mi lado mientras yo estudiaba en la universidad. Ahora que vamos a empezar a vivir juntos, no quiero ni pensar en lo que será para ella separarnos de nuevo. Temo dejarla sola, Callum. No podría soportar que le pasase nada.

– No tienes que pensar en eso, Henry. Sé que el peligro de la guerra suena con fuerza y que la amenaza es inminente, pero no dejes que ese pensamiento empañe tus momentos junto a ella. Pase lo que pase, disfruta de cada minuto a su lado. Disfruta de este verano. ¡Vamos, Lexie! – me gritó Callum de nuevo. – ¿Quieres que salga a por ti?

Callum hizo intención de nadar hasta la orilla y antes de que pudiese salir y alcanzarme, decidí desprenderme de mis prendas interiores y, aun tratando de tapar torpemente mi cuerpo, cogí carrerilla y salté al agua sin pensarlo.

– ¡Ahhhh! – chillé mientras saltaba con energía.

Nadé hasta Henry, le abracé tratando de cubrirme con él para no mostrar demasiado y sonreí. Miré a Callum, junto a él, quien también sonreía. Éramos jóvenes y realmente pensábamos que teníamos el mundo a nuestros pies, que seríamos capaces de conseguir cualquier cosa. Incluso, que la guerra nunca llegase a ocurrir.

Disfruté cada segundo de aquella tarde como si de una niña de siete años se tratase. Nos bañamos, nos besamos, reímos, jugamos... Hubo tiempo para todo y, cada vez más, me alegraba de que Callum hubiera venido aquel verano a Liverpool. Aunque deseaba con toda mi alma disfrutar de mi marido en solitario antes de que volviese, lo cierto es que aún lo estaba haciendo con más intensidad gracias a su amigo, a nuestro amigo. La forma que Callum tenía de vivir y entender la vida nos daba alas para volar hacia donde soñáramos. Todo lo vivíamos con más intensidad a su lado y eso me enseñó que tres no son multitud, y que en las pequeñas cosas es donde se esconde lo esencial de la vida.

– ¿Acabará estallando la guerra, señora Miller? – pregunta Kara intrigada, esperando una respuesta de la anciana.

– No lo sé, Kara. Tendremos que seguir leyendo para averiguarlo.

– Yo no quiero que Henry se vaya. Lexie va a sufrir mucho...

– Bueno, querida. Veamos entonces qué ocurre – prosigue la anciana.

Capítulo 5

23 de agosto de 1939

Ya llevábamos unas semanas viviendo en el piso de Aintree, temporalmente junto a Callum, cuando acudimos al dieciocho cumpleaños de Abbie. Yo me presenté un poco antes para ayudar a mamá y Abbie a organizarlo todo. Mamá decidió darle a su niña una gran fiesta de cumpleaños. Aunque no era algo excesivo, pues jamás nos lo hubiéramos podido permitir, sin duda salía fuera del tipo de fiestas de cumpleaños que solíamos presenciar en casa. Sin duda, era una ocasión especial, por lo que Abbie merecía un gran despliegue de medios para su celebración.

Algunas de sus amigas de clase, incluida Betty Campbell, acudieron a la fiesta. Preparamos un almuerzo en el pequeño jardín que mi madre tenía detrás de la casa.

– Bueno, ¿dónde dices que está mi regalo? –preguntó mi hermana pequeña emocionada, a pesar de que ya conocía la respuesta.

– No hay regalo, Abbie. No tengo dinero para

comprarlo – me quejé.

– ¡Oh! Bueno, no pasa nada, hermanita – me disculpó Abbie con un dulce beso. – No era necesario en realidad – trató de justificar sonriente, justo antes de volver a su lugar en la fiesta.

Si bien Abbie solía ser una joven risueña y llena de energía, pocas veces había visto a mi hermana tan radiante como aquel 23 de agosto de 1939. Mi inocente hermana creía que todo cambiaría al día siguiente, aunque no iba mal encaminada. Algo parecía estar a punto de suceder, aunque yo me negara a aceptarlo.

Mamá dejó caer estrepitosamente el periódico sobre la mesa, junto a mi mano, dejando leer un titular:

La Alemania nazi y la Unión Soviética firman un acuerdo de no agresión y un concilio que divide a la Europa Oriental en esferas de influencia.

– Creo que la amenaza de guerra está camino de Inglaterra – confesó con una penetrante mirada.

– No pasa nada, madre. No hay nada que temer – improvisé, tratando en vano de tranquilizarla.

– Claro que sí, pero para ti es mucho más sencillo, hija. Tú vives con tu marido y un joven atlético en tu bonito piso de Aintree. Pero yo vivo en esta enorme casa con tres críos. Si algo ocurre, Alexa... – se lamentó mi madre con las lágrimas a punto de brotar por sus ojos.

– Madre – le corté, acariciándole la mano que aún mantenía sobre el papel. – Yo estaré aquí cuando haga falta. No tiene nada de qué preocuparse, se lo prometo. – Nos fundimos en un abrazo como no habíamos hecho hacía años. Pero supongo que nuestros peores miedos nos hacen sacar nuestros mejores sentimientos.

Mamá era una mujer valiente, aunque ella misma dudase a menudo de ello. Después de todo, había cuidado y criado a cuatro hijos ella sola. Y no lo había hecho nada mal. Yo no creo que hubiera podido con tanto en su lugar.

Volvió a su papel en la fiesta y yo me quedé mirándola durante unos minutos. Creo que nunca había visto a mamá tan preocupada. Si bien era una buena mujer, también era bastante fría, especialmente conmigo, y rara vez mostraba sus sentimientos o su estado de ánimo. Verla tan vulnerable hizo que me diera cuenta de la situación real que estaba a punto de aparecer.

– Lex – me sorprendió Henry por detrás, cogiéndome cariñosamente de la cintura. – ¿Qué haces? – me preguntó. Bajó la mirada al periódico y me dijo extrañado ¿Estabas leyendo esto?

– Mamá me lo ha mostrado – le expliqué con un sentimiento agridulce.

– ¿Para que seas consciente de lo que puede ocurrir? – me preguntó rodeándome con su brazos.

– Tiene miedo, Henry – respondí, haciendo lo mismo que él y rodeándole el cuello. – Teme estar sola si todo esto llegase a ocurrir. Y creo que deberíamos empezar a pensar en lo que vamos a hacer si la guerra se desata en Inglaterra.

– ¿Cómo pasas de negar que ocurra a planear tomar medidas al respecto? – preguntó Henry confundido.

– Me he dado cuenta de que negarlo no sirve de nada. El peligro está ahí y si algo ocurriese, lo va a hacer, quiera yo o no lo quiera. Creo que no es una actitud demasiado lógica empeñarme en no hablar del tema, o no contemplarlo como una opción de futuro, cuando todo el mundo sabe que no es así. No quiero pensar que la guerra vaya a ocurrir, cariño, solo quiero estar preparada si ese día llegase.

– Me parece una buena actitud, amor, pero nosotros no vamos a decidir lo que ocurre. Así que... ¿por qué no vivimos mientras todo eso llega? ¿Por qué no disfrutamos de todo lo que tenemos por vivir mientras tanto? Y cuando ocurra, si es que en algún momento sucede, ya pensaremos en lo que hacemos al respecto.

– Me parece una opción aún mejor que la mía – sonreí animada.

– ¿Vamos a bailar? – zanjó y me dio un beso en la punta de la nariz.

Callum también tenía ganas de bailar y se acercó a nosotros. Abrimos el círculo y se incorporó a nuestro lado. Durante un buen rato, los tres bailamos como si el mundo fuera a terminarse al día siguiente, como si en aquella fiesta no hubiese nadie, salvo nosotros tres.

– Oye, ¿pero qué pasa aquí? – irrumpió Abbie con su habitual energía, rato después. – ¿Nadie baila con la chica del cumpleaños?

– A Callum le encantará bailar contigo – se apresuró a decir Henry empujándome hacía su cuerpo, como si le fuesen a robar algo. Me besuqueó sin parar por toda la cara.

– ¡Henry, deja de hacer eso! Nos está mirando todo el mundo – sonreí un poco avergonzada.

– Deja que nos miren – me dijo con su dulce voz. Volvió a darme otro beso, esta vez más largo que los anteriores, y me dejó sin palabras de nuevo.
Abbie bailó con Callum, aunque no tan pegados como Henry bailaba conmigo.

– Te gusta mi hermana, ¿verdad? – le susurró al oído Abbie, para que pudiera oírla a pesar de la música que acompañaba la escena. Abbie siempre se había caracterizado por ser increíblemente directa, sabía lo que quería y no le gustaba perder el tiempo.

– ¿Cómo? – exclamó Callum, a quien la pregunta debió de pillarle por sorpresa.

– ¿Que si te gusta mi hermana? – repitió Abbie, elevando un poco más la voz esta vez.

– ¿Qué clase de pregunta es esa? – trató él de ganar tiempo.

– En realidad, no es una pregunta. Solo te estaba dando la oportunidad de contármelo, pero lo estaba afirmando. Te gusta mi hermana. Hasta un ciego podría verlo.

– ¿De veras? ¿Cómo has notado eso?

– Soy una mujer, Callum. Podemos ver ese tipo de cosas.

– Bueno, tu hermana es una chica muy especial y le

he cogido mucho cariño en estas semanas, pero...

– Pero está casada con Henry – completó mi hermana. – Sí, lo sé. Y déjame decirte que no tienes nada que hacer, amigo mío. Mi hermana está loca por el pequeño Aldridge y nada puede cambiar eso. Vas a pasarlo mal como sigas enamorándote de una chica como mi hermana.

– ¿Lo dices porque está casada?

– Entre otras razones porque está casada y además, porque su marido es tu mejor amigo. Pero es más complicado que todo eso. Las chicas como mi hermana son difíciles de encontrar, sin duda, pero también lo son de llevar. Me caes bien y sé que mi hermana también te quiere mucho, como amigo – se apresuró a aclarar. – No me gustaría que sufrieras por amor. Lo he visto en casa y sé que el dolor por un amor es el más peligroso y devastador que podemos conocer, como si una guerra se desarrollara en tu interior. Y no creas que te estoy diciendo esto por interés propio. Quiero encontrar a un hombre que quiera quedarse a mi lado, pero elegir a alguien enamorado de otra persona no entra en mis planes. Tampoco soy idiota. Lo digo porque no quiero verte sufrir. Dudo que mi hermana quiera verlo y yo no quiero algo que pueda herir a Lexie. Hazme caso, Callum. Olvídate de ella.

– ¡Chicos! ¡El pastel! – gritó mi madre con fuerza, para tratar de captar la atención de todos los allí presentes que nos encontrábamos esparcidos por el jardín.

– Alfie, ¿quieres ayudar a Abbie a soplar las velas? –

le propuse a mi hermano pequeño que correteaba por allí.

– ¡Sí! ¡Quiero ayudarla! – respondió ilusionado.

Alcé a Alfie para que llegara a la tarta y sopló con todas sus fuerzas, aunque Abbie ya las había apagado antes, siquiera, de que él comenzase a soltar el aire de sus pulmones.

– ¡Bien hecho, campeón! – le animé, dándole un beso en la mejilla y posándole de nuevo en tierra firme. – Si no llega a ser por ti, Abbie no hubiera podido apagar todas las velas.

– Va a ser una madre modelo, ¿a que sí? – buscaba Henry, nuevamente, la aprobación de su amigo.

– Seguro que será una madre increíble, amigo.

Nos divertimos mucho en la fiesta junto a mi familia y a los pocos amigos de Abbie a quienes pudimos invitar. Patrick Jenner, Paddy, acudió a última hora a buscar a su novia y aprovechó para saludar nuevamente a Callum y Henry, con quienes se quedó charlando un rato.

Acompañé a Betty donde estaban los chicos.

– Muchas gracias por invitarme, Abbie. ¡Lo he pasado estupendamente! – se despidió en primer lugar de mi hermana con un fuerte abrazo, acompañado de un efusivo beso.

– Gracias por venir, Betty – me despedí.

– No, gracias a vosotras por invitarme. Lo he pasado muy bien, de veras. ¡Me he divertido mucho!

Gracias por todo.

– Sí, está siendo duro, pero debemos someternos a ello si queremos estar preparados para combatir en condiciones – comentaba Henry. Con la ley de instrucción militar que el Parlamento Británico había aprobado ese mismo año, todos los hombres con edades comprendidas entre los dieciocho y los cuarenta y dos – Henry tenía 21 y Paddy acababa de cumplir los 18 – estaban obligados a someterse a un entrenamiento militar básico durante seis meses, para luego pasar a la reserva activa. Llevaban unas semanas acudiendo a unos entrenamientos especiales durante algunos días. Sin embargo, jamás llegarían a concluir ese entrenamiento en su totalidad, pues la guerra estaba a punto de comenzar.

Días después de la fiesta, aprovechando un domingo en el que Henry estaba libre, decidimos recuperar nuestra vieja costumbre de acudir al cine. Estrenaban la última película de Judy Garland, un musical de fantasía que había recibido muy buenas críticas tras su estreno en Estados Unidos. Un nuevo proyecto de Victor Fleming llamado *El mago de Oz*.

Asistimos nuevamente con Callum y esta vez, también con Abbie. A pesar de ser una tradición que solo compartía con Henry hasta ese verano, lo cierto es que no me importaba compartirla con nuestro nuevo amigo americano. Hacíamos buen equipo los tres y me había acostumbrado tanto a su presencia que, podía llegar a decir, le echaría mucho de menos cuando se marchase concluido el verano.

– ¡Dios mío! ¿Has visto los zapatos de Dorothy, Lexie? ¿Los has visto? ¡Son fabulosos! ¡Quiero unos como esos!

– Abbie, no podrías costearlos. Mejor trabaja y, cuando hayas trabajado lo suficiente, podrás pensar en qué gastar el dinero – le aconsejé con un beso en la frente. A Abbie no pareció convencerle, pero no volvió a sacar el tema de todas formas.

Capítulo 6

26 de agosto de 1939

Invitamos a Abbie y a los chicos a cenar en nuestro piso, ya que mamá tenía turno de noche y trabajaría hasta tarde. Henry pasó a recoger a mis hermanos, mientras Callum y yo terminábamos de preparar la comida.

– ¿Tú madre siempre ha trabajado como modista, Lexie? – se interesó Callum.

– Al menos desde que yo tengo uso de razón – respondí. – Aunque no trabajaba tanto cuando papá estaba con nosotros. Pero cuando él murió, mamá era la única persona capaz de traer algo de dinero a casa, así que tuvo que trabajar más tiempo para poder conseguirlo.

– ¿No os pagan una pensión por la muerte de tu padre?

– Sí, pero no es mucho dinero y no nos llegaba solo con eso para todos.

– ¿Puedo preguntarte que pasó? – se atrevió a decir

Callum con gesto prudente.

Retiré una de las sillas y tomé asiento junto a él. Me apoyé en la mesa y comencé a relatarle:

– Mi madre estaba profundamente enamorada de mi padre. Él era catorce años mayor, pero eso a mi madre nunca le importó. Cuando mi padre enfermó de tuberculosis, mamá se desvivió por cuidarle y siempre estuvo a su lado. Finalmente murió en 1932, a los 45 años.

» Por aquel entonces, mamá estaba embarazada de Alfie. De pronto, se quedó viuda con tres hijos pequeños que la necesitaban y otro en camino que la necesitaba aún más. Tuvo que criarnos a los cuatro sola, con la única ayuda de vez en cuando de mi tía Maud, la hermana de mi padre, que también era mayor. Mi madre cambió mucho tras todo aquello, se volvió más fría y rígida y no era nada cariñosa. Pero creo que ha sido una buena madre. ¿Sabes? Estaba tan loca por él que aún hoy sigue sin pensar en otro hombre.

– ¿No ha vuelto a estar con nadie desde entonces? ¿En todo este tiempo no ha conocido a nadie más?

– No, claro que no. Y conociendo a mamá, tampoco creo que lo haga.

– Al menos pensó en ti y en tus hermanos en primer lugar y ha estado a vuestro lado siempre. Comprendió que también vosotros habíais sufrido una pérdida enorme y supo estar ahí, ¿no es así?

– Sí, fue muy generosa – confesé nostálgica.

– ¿Qué edad teníais entonces?

– Yo acababa de cumplir doce años, Abbie

cumpliría los once en tres meses y Art siete.

– Erais muy pequeños. Es complicado que os acordéis tanto de él. Dice mucho de vosotros.

– Art apenas se acuerda de él. Yo era la mayor y la que más unida estaba a mi padre, pero a veces ni siquiera recuerdo su rostro. Lo poco que recuerdo, a menudo, es por fotografías que mamá guarda de él. Se me ha olvidado su aspecto, Callum. Apenas recuerdo cómo era.

– No tiene importancia, Lexie. Eras muy pequeña.

– Sí que la tiene...

Henry regresó con mis hermanos rato después. Los chicos estaban emocionados con nuestra nueva casa y con el hecho de hacer planes todos juntos como solíamos hacer cuando eran más pequeños, mientras mamá trabajaba. Pero ahora tenían dos hermanos mayores más con los que jugar, lo que hacía la situación aún más emocionante si cabía.

Henry se había hecho un hueco en mi corazón y en el de mi familia prácticamente desde el primer momento en que apareció en nuestras vidas. Ese verano, con la llegada de Callum, la alegría en mi familia, numerosa ya de por sí, había aumentado considerablemente. Viendo a Henry tan alegre y jovial junto al americano, era difícil no sentirse feliz por él.

Callum me había ayudado a preparar el pescado. Mientras servíamos la comida, Henry decidió poner la BBC para escuchar la última hora. El locutor debatía con algunos de sus colaboradores sobre la posibilidad de entrar en guerra con Alemania. Empecé a ponerme nerviosa y se me revolvió el estómago. No era el ambiente que había pensado para una agradable comida con Callum, Henry y mis hermanos. Durante los últimos días, se sucedían por todos lados noticias y más noticias sobre cómo se desarrollaban las cosas con Alemania y todas las barbaridades que Hitler planeaba hacer. No sé si sería veraz o meras suposiciones, o quizás fuera un recurso para meternos miedo, pero no sonaban demasiado alentadoras.

– Henry, apaga eso, ¿quieres? – zanjé con una mala sensación en mi cuerpo.

– Sí, cariño. Ya lo quito – accedió sin mayor reproche.

– ¿Cómo puedes ceder así, Henry? – se sorprendió Abbie. – Si quieres escuchar la radio, ¿por qué no la escuchas, sin más?

– No merece la pena, Abbie – susurró Henry acercándose a mi hermana pequeña. – Tu hermana tiene mucho carácter, pero es muy fácil de llevar si sabes cómo. He comprendido que discutir con ella no sirve de nada. Así que, en lugar de llevarle la contraria, le acaricio la mejilla, le miro a los ojos y pronuncio las tres palabras mágicas que toda mujer quiere escuchar.

– ¿Te quiero mucho? – intentó adivinar Abbie.

– No. Tienes razón, tesoro.

Todos disfrutamos de la comida. Mamá no solía pasar mucho tiempo en casa cuando éramos pequeños. En su lugar, acostumbraba a hacer horas extra en el taller donde trabajaba de modista para que el dinero nos llegase. Así que aprendí a cocinar muy temprano.

Si bien al principio no hacía platos demasiado complicados, ni apetitosos, con el paso del tiempo aprendí a hacer algo sabroso con lo que tuviera. Y tanto mis hermanos como Henry, siempre habían comentado la buena mano que tenía para la cocina.

– Voy a ojear la prensa, creo que la señora McInnley la ha dejado junto a la puerta. ¿Quieres leerla conmigo, Alfie? – le propuso Henry a mi hermano pequeño.

– ¡Sí! – contestó el pequeño emocionado. Salió corriendo junto a Henry a recoger la prensa del día.

– Alfred aprenderá pronto a leer en la escuela – le expliqué a Callum. – Mientras tanto, Henry le enseña algo poco a poco, para que le resulte más sencillo cuando tenga que aprenderlo. Los profesores no le prestan la atención que él necesita y le resulta más difícil comprenderlo en la escuela. Pero es un niño muy avispado. El verano pasado aprendió el abecedario junto a Henry y se ha pasado todo el año cantándolo sin parar. Está muy emocionado. Cuando sea mayor quiere ser doctor, como el padre de Henry. Alfie le admira mucho.

Volvimos a casa antes de que anocheciera. Cuando llegamos, mamá aún no estaba en casa. Avisó de que iría a visitar a una amiga que había dado a luz cuando acabara en el taller, así que dedujimos que estaría allí. Nos quedamos un rato jugando con Alfie y charlando con Art y Abbie. Se nos hizo tan tarde que cuando mamá regresó, nos habíamos quedado todos dormidos, así que decidimos pasar la noche en casa y marchar de nuevo por la mañana.

Cuando despertamos al día siguiente, desayunamos todos juntos en la cocina y nos despedimos de ellos antes de partir.

– ¿A dónde vas, Lexie? – me preguntó Alfie un poco triste, sin acabar de comprender la situación.

– Me voy a casa, Alfie – respondí poniéndome de rodillas para colocarme a su altura.

– Esta es tu casa – afirmó él.

– Lo sé, esta siempre será mi casa. Pero yo ya no vivo aquí, Alfie, ¿recuerdas? – traté de explicarle.

– ¿Y Henry se va contigo? – preguntó, mirando a Henry junto a la puerta.

– Sí, Alf. Henry y yo somos mayores y ahora vivimos en Aintree, donde cenamos anoche. ¿Te acuerdas? Y eso implica que ya no vivimos aquí. No podemos vivir en dos sitios a la vez, ¿comprendes?

– Creo que sí – aceptó no muy convencido. – Pero es que yo quiero vivir contigo, Lexie...

– ¡Oh, cielo! Tienes que vivir aquí con mamá, con Abbie y con Arthur. Tienes que cuidar de ellos. Te necesitan, ¿sabes? – improvisé. – Necesitan a alguien fuerte y valiente que les cuide y les proteja si algo pasa. ¿Me prometes que lo harás? ¿Vas a cuidar de ellos?

– ¡Sí! – afirmó motivado. – ¡Cuidaré de ellos! – sonreía.

– Así me gusta, hombretón. Otro día te quedas a dormir en mi nueva casa. ¿Te apetece? – le propuse en compensación, a lo que el asintió con la cabeza, sin borrar aún la sonrisa de su tierna carita. – ¿Me das un beso?

Con un sonoro beso y un fuerte abrazo de Alfie, me incorporé de nuevo y me despedí de mamá.

– El domingo pensábamos ir a dar una vuelta por Clarke Gardens. Podemos llevarnos a los chicos a dar un paseo, si te apetece.

– Sería estupendo – concluyó mamá con un tímido beso en la mejilla.

Volvimos a casa, donde los chicos pasaron el resto del día descansando. Aunque pareciera mentira, mis hermanos eran una fuente inagotable de energía y podían acabar con cualquiera. Yo ya estaba acostumbrada, pero para Henry y Callum pareció ser demasiado. Terminaron exhaustos y se quedaron dormidos largo rato. Por lo que yo aproveché para ordenar algunas cosas que aún no estaban ubicadas y limpiar un poco la casa. Con toda la mudanza, el piso había acumulado polvo en lugares inhóspitos, por lo que una mano de jabón no le vendría nada mal.

Sacaba algunas cosas que aún guardábamos en cajas, cuando vi una fotografía que identifiqué inmediatamente. La sostuve entre mis manos y pude viajar de nuevo a aquel momento. Papá nos llevó a un estudio de fotografía tan pronto como mamá pudo moverse y llevar al pequeño Arthur, casi recién nacido, a que nos hiciéramos una foto en familia, los cinco juntos. Por entonces aún faltaba Alfie. Me gustó tanto vernos a todos juntos en una fotografía, que le pedí a papá que me la regalara y él, por supuesto, accedió sonriente.

Junto a la instantánea dejé caer un papel escrito a mano. Me agaché y lo recuperé del suelo. Comprobé de qué se trataba. Creo que jamás había visto dicho escrito antes pero, sin ninguna duda, era la inconfundible letra de papá. Me arrodillé y comencé a leerla sin saber cómo había llegado hasta allí.

Queridísima Alexa,

mi dulce niña:

Has cambiado mi vida entera desde que supe de tu existencia. Has llenado de felicidad esta casa, que te espera con todo listo para tu llegada.

Tu madre dice que serás guerrera y tendrás temperamento. (No sé de quién podrás heredarlo. Te daré una pista: tu madre es igual. Pero también es adorable, como tú). No dejas de darle patadas y te mueves a cada segundo. Me gusta que seas así, inquieta y ávida de conocer el mundo que te espera.

Quiero darte la bienvenida y ofrecerte un par de consejos que solo un hombre viejo como yo podrá darte. La persona que mejores consejos podrá ofrecerte jamás, será aquella que ya ha pasado por la experiencia que tú aún esperas vivir y aquella que los ofrezca con total sinceridad. Y, si esa persona es alguien que te quiere tanto como yo ya te quiero a ti, sin duda esos consejos saldrán de lo más profundo de su corazón.

Tienes que vivir cada día como si todo fuera a cambiar mañana. Debes tener los ojos bien abiertos, los oídos preparados para escuchar a quien lo precise y tus manos dispuestas a ayudar a quien lo necesite. Hazlo todo con amor y disfruta de aquellos que lo ofrezcan sinceramente. La vida, si bien puede prescindir de muchas cosas, cuando se vive sin amor, no merece la pena en absoluto.

Ni te imaginas cómo has cambiado mi mundo. Aún no nos hemos visto y ya eres lo que más quiero. Estoy deseando poder conocerte pronto.

Tu padre, que te quiere,

Arthur Buckley

Jamás había leído aquella carta. Papá debió de escribirla antes de que yo naciera, mientras mamá estaba embarazada. No pude evitar dejar caer unas lágrimas sobre mis mejillas. Escuché un ruido tras de mí y, rápidamente, traté de secarme las lágrimas. Deposité la carta sobre el suelo junto a la fotografía de mi familia y traté de zafarme en vano de ellas.

– Lexie – me sorprendió Henry. – ¿Qué estabas haciendo?

– Estaba ojeando algunas cosas que aún no hemos colocado.

– ¿Y qué es lo que has visto que te ha hecho llorar, cariño? – se interesó Henry con un cariñoso gesto. Se sentó junto a mí colocándose a mi altura, deslizó su dedo por mi mejilla tratando de secar la última lágrima y besó mi mejilla con ternura.

– Acabo de encontrar una carta que papá me escribió hace años, antes siquiera de que yo naciera – le conté con alguna lágrima asomando de nuevo por mi cara. Ya no trataba de hacerlas desaparecer. – Jamás la había leído, Henry. Supongo que mamá la metió aquí cuando nos mudamos para que pudiera conservarla.

– Es muy bonita, tesoro – comentó tras leer la carta de mi padre. – Muestra lo mucho que te quería, incluso antes de que realmente tuvierais anécdotas que recordar juntos. ¿Qué hay de eso? – curioseó señalando la fotografía que acababa de ver minutos antes.

– Somos todos los Buckley juntos, excepto Alfie, claro, días después de que mi hermano Arthur llegara al mundo. – La escena me hizo sonreír de nuevo. – Papá nos llevó a todos de excursión a un estudio fotográfico para inmortalizar ese momento tan importante. Abbie era muy inquieta y el fotógrafo apenas podía contenerla, así que esto fue lo mejor que pudimos conseguir después de un rato.

» Recuerdo perfectamente el día en que nació Arthur. No tenía ni cinco años, pero lo recuerdo bastante bien. Abbie y yo nos quedamos jugando en casa de una vecina mientras mamá daba a luz. Tía

Maud vino a recogernos tiempo después y nos llevó de vuelta a casa. Papá salió a buscarnos y nos informó de que acabábamos de tener un hermanito que se llamaría como él, Arthur. Entonces, vi que sostenía una cesta de mimbre entre las manos. Se agachó para quedarse a nuestra altura y que así pudiéramos ver lo que esta contenía. Nos mostró lo que escondía en su interior. Era un bebé, Henry. Era Arthur dormido, envuelto en unas sábanas muy sucias. Papá nos dijo que lo habían traído de París – reí al recordarlo. Henry también se carcajeó. – Ni siquiera caí en que esa cesta era la misma que utilizaba mamá para transportar la comida.

– Bueno, ya sabes que nuestros padres no acostumbran a hablar de ese tema. De algún modo tenían que explicaros cómo había llegado ese bebé hasta allí.

– No entramos en la habitación de papá y mamá hasta largo rato después. Mamá estaba muy débil y no podíamos molestarla – proseguí. – Casi ocho años después nació Alfie, pero papá ya no estaba. Alfie llegó casi por sorpresa, después de años sin que mis padres pudieran tener más hijos. Así que puedes imaginarte la alegría que supuso para ellos cuando se enteraron. Le hubiera hecho muy feliz conocerle. Tía Maud ayudó a mamá en esa ocasión. Nosotros ya éramos más mayores, así que yo misma me encargué de esperar fuera hasta que nos avisaran, lo cual se me hizo muy difícil. El tiempo parecía no transcurrir y oía a mamá gritar una y otra vez, como si estuvieran matándola. Solo quería entrar ahí y salvarla de lo que quiera que le estuvieran haciendo.

– ¿Por eso Alfie es tan importante para ti, Lexie? ¿Porque, en cierto modo, te trae de vuelta a tu padre? – sugirió mi marido, aún con sus brazos a mi alrededor.

– Puede ser – admití, poco antes de que Callum despertase también y decidiéramos hacer algo los tres juntos.

– Kara, creo que he oído la puerta. Debe ser tu madre. Es hora de dormir, mañana continuaremos.

Mollie invita, como siempre, a un té a la señora Miller. Dado que no deja que Mollie pague por sus servicios, ese té es el único modo que ella ha encontrado de agradecerle todo lo que está haciendo por su familia.

– Señora Miller, es usted muy especial. Kara está encantada. No la veía tan entusiasmada desde hacía tiempo. No sé cuál es su estrategia, pero está claro que funciona.

– No hay nada como darles un poco de aventura. Kara es una niña estupenda. ¿Por qué dices que no estaba entusiasmada desde hace tiempo? ¿Puedo preguntarte hace cuánto te separaste de su padre?

– Hace ya siete años. Kara solo tenía tres cuando decidí separarme de su padre. Pero ambos siguen manteniendo relación de vez en cuando – asegura ella.

– Deduzco por tu gesto que no es lo que te gustaría para ella.

– Bueno, Nathan quiere mucho a su hija, pero no es el padre que esperaba para Kara. No viene a verla todo lo que me gustaría, pero supongo que no puedo pedirle más. Él también está muy ocupado con el trabajo – intenta excusarle.

– Tener mucho trabajo no te exime de ser un buen padre.

– No, señora Miller, no me malinterprete. Nathan es un buen padre. Es solo que me gustaría que se interesara más por ella.

– ¿Es él? – pregunta la señora Miller señalando con la cabeza un marco de fotos. En él, un chico joven sonríe con un bebé en brazos.

– Sí.

– Es guapo – admite Rose Miller.

– Sí, lo es. Tomamos esa foto el segundo verano de Kara. Viajamos a la costa francesa y le encantó el mar. Creo que fue el inicio del flechazo de Kara con el agua – sonríe Mollie. – Señora Miller, me encantaría seguir hablando con usted, pero ha sido un día duro y necesito descansar un poco.

– Claro, Mollie. No te preocupes. Nos veremos el lunes. ¡Pasa un buen fin de semana! ¡Buenas noches!

Capítulo 7

Stella llega por la mañana temprano y se echa un rato a descansar. Mollie y Kara aprovechan para preparar un bizcocho y entregárselo a la señora Miller en señal de agradecimiento. Cuando Stella despierta, las tres llaman a la puerta de su anciana vecina con el pastel entre las manos.

– ¡Buenos días!

– Señora Miller, le hemos preparado un bizcocho – anuncia Kara entusiasmada, mostrando entre sus manos su creación.

La señora Miller agradece el regalo, pero su mirada se desvía a la nueva integrante del grupo.

– Señora Miller – toma la palabra Mollie. – Me gustaría presentarle a alguien. Stella ha regresado esta mañana. Stella, ella es nuestra salvadora – ríe.

– Muchas gracias por cuidar de Kara, señora Miller – le agradece Stella amablemente.

La anciana les invita a pasar y probar juntas el pastel.

– ¡Está delicioso, Kara! ¿Dónde has aprendido a hacerlo?

– Mamá me enseñó cuando era más pequeña – presume la niña.

– Sí. Mi madre también me enseñó a hacerlo cuando era una niña. Es una receta que ha estado en nuestra familia desde hace mucho tiempo. Ha ido pasando de generación en generación.

Mollie ha de acudir al hospital por un problema familiar y se ausenta durante un buen rato.

– Stella – comenta la señora Miller. – Dado que vas a estar solo dos días en la ciudad, ¿por qué no vais por ahí a bailar o salís Mollie y tú de fiesta? Está muy estresada con ese asunto de trabajo que la tiene tan preocupada. Yo me quedaré con Kara esta noche.

– No se preocupe, señora Miller. Tengo que ir a recoger a Aileen en una hora. Está pasando estos días con mis padres, pero necesito verla.

– También me encargaré de Aileen. ¿Cuántos años tiene la pequeña?

– Dos – contesta Stella. – Pero...

– Stella. Salid a disfrutar. Yo me encargo de las niñas – asegura.

– ¡Oh, señora Miller! – exclama abrazando a su vecina. – ¡No sabe cómo se lo agradezco! Lo cierto es que ambas lo necesitamos. Hace mucho que Mollie no tiene una noche libre. Se lo va a agradecer mucho. ¡Es usted un encanto!

Kara abraza entusiasmada a la anciana cuando se entera de que también pasará esta noche con ella.

Mollie y Stella se arreglan como hacía tiempo no tenían opción y reciben a la señora Miller con Aileen en brazos.

– Pero, ¿quién es esta belleza? – saluda al ver a la

pequeña en brazos de su madre. —— ¡Uy! Tiene sueño... – comenta al ver cómo la pequeña se restriega los ojos.

– Di hola, Aileen. Di: «Hola, señora Miller». ¡Está agotada! El viaje le deja K.O. Voy a acostarla, vuelvo enseguida – anuncia Stella. – Póngase cómoda, como si estuviera usted en su casa.

Vuelve poco después. Y ambas se despiden de Kara y de la señora Miller para divertirse en la noche londinense.

– ¿Quieres que continuemos por donde lo dejamos? – le propone a Kara la señora Miller.

Sin mediar palabra, la niña se levanta de un salto y acerca entusiasmada el diario a la anciana. Toma asiento junto a su vecina y ésta comienza nuevamente a relatar la historia.

28 de agosto de 1939

Esa noche el señor y la señora Aldridge, los padres de Henry, nos habían invitado a cenar en su casa. Yo volvería al trabajo al día siguiente, por lo que no nos quedaban demasiadas ocasiones para volver a juntarnos. Henry no estaba de acuerdo con que volviera a trabajar. Desde que nos casamos, su deseo era que yo me ocupara de la casa y los niños que vendrían. Pero yo no estaba acostumbrada a estar en casa, después de todo había estado trabajando casi la mitad de mi vida. No podría aguantar permanecer veinticuatro horas entre aquellas paredes por mucho que las decorásemos.

La familia de Henry tenía una buena base económica y él, recién licenciado, seguramente encontraría también un buen trabajo con el que podríamos mantener a nuestra familia sin ningún problema. Realmente no era ninguna idea descabellada pero, simplemente, aún no me había resultado necesario. Mientras no tuviéramos niños, nada me retenía en casa tanto tiempo como para no poder trabajar al menos unas pocas horas al día.

– ¡Buenas noches, chicos! – nos saludó una sonriente Vivianne Aldridge. – ¡Pasad! Callum, ¿cómo estás? Te están tratando bien, ¿verdad? – trató de asegurarse, sin duda por mera cordialidad.

– Mejor de lo que merezco, se lo aseguro – respondió él educadamente.

Acompañamos a la señora Aldridge al comedor, donde un canoso Harold Aldridge nos esperaba, ya sentado, en su butaca.

Harold no era un anciano, pero la diferencia entre él y su mujer era aún más pronunciada que entre mis padres. Vivianne estaba a principios de los cuarenta, mientras su marido cumpliría sesenta el próximo año. La diferencia entre los Aldridge, que distaban dieciséis o diecisiete años y los catorce que papá sacaba a mamá, no era muy grande. Sin embargo, siempre recuerdo a papá como un hombre apuesto y atlético, mientras que Harold Aldridge, con su condición sedentaria y su pelo canoso, siempre había aparentado ser mucho mayor que su mujer, con sus ojos verdes y su actitud jovial y alegre por donde pasara.

Vivianne se disculpó por Tom, el hermano mayor de Henry. No podría acudir a la cena por encontrarse trabajando esa noche.

– Lexie, ¿cómo está tu familia?

– Están bien, Vivi. Os mandan recuerdos.

Siempre había tratado a las personas mayores de usted. Que mis padres no pudieran permitirse enviarme a la universidad, no quería decir que hubieran prescindido de brindarme unos exquisitos modales. Pero Viviannne jamás me había permitido hablarla de ese modo, pues le hacía sentir mayor, lo que no era, y creaba una distancia innecesaria y poco productiva entre nosotras. Así que por extraño e incómodo que me pareciera al principio, tomé por costumbre hacerlo de esa manera.

– ¡Oh! ¡Muchas gracias! Envíaselos de vuelta a todos ellos. Me alegro mucho de que estén bien. Henry nos ha contado que hace unos días tu hermana celebró su dieciocho cumpleaños, ¿no es así?

– Así es. Le hicimos una fiesta en casa. Mi hermana rebosaba alegría – recordé con una sonrisa.

– Ya imagino. Es muy emocionante cumplir los dieciocho. Yo aún puedo recordarlo, aunque hace demasiado tiempo de aquello.

– Bueno, ¿y para cuándo vais a traernos a un pequeño Aldridge para que corretee por este enorme salón? – indicó Harold Aldridge.

– Harold, no es asunto tuyo – le riñó delicadamente su mujer.

– No pasa nada, Vivi. No tiene importancia. Pensamos que podría ser muy pronto – comenté emocionada.

– Sí, aunque Lexie no está de acuerdo del todo en que sea un pequeño Aldridge – añadió Henry, haciendo hincapié en la palabra «pequeño». – Creo que cuenta con ciertas discrepancias al respecto – sonreía.

– ¡Oh, eso es lo de menos! – intentó disculparme Vivi Aldridge. – Lo importante es que nazca sano. Todo lo demás no importa.

Tras concluir el tema de mi familia, el de los niños y alguno más, solo quedaba un asunto pendiente, la inminente guerra.

– Bueno, dicen que es cuestión de tiempo que entremos finalmente. Deberíamos estar preparados en lugar de preocuparnos tanto por qué día será – opinó tajante el padre de Henry.

– Sí, papá. En el entrenamiento ya prevén que ni siquiera podamos concluirlo, como estaba previsto. Estos días hemos estado haciendo más horas de lo habitual para poder completar la instrucción antes de que la guerra irrumpa en Inglaterra. Puede ocurrir en cualquier momento y hemos de estar preparados.

– Ha de ser terrible mantenerse a la espera sin saber si vas a luchar o no – opinó Callum por su parte.

– ¿Tú cómo lo estás viviendo, querida? – se interesó la madre de Henry, dirigiéndose únicamente a mí. – Sé lo espantoso que resulta mantenerse a la espera y más aún quedarte aquí mientras tu marido acude a jugarse la vida por su país. Yo tenía poco menos que tú cuando Harold fue llamado al frente para luchar en la Primera Guerra Mundial. Tuvimos suerte de que una pierna fuese lo único que dejó allí. Hubiera sido terrible de cualquier otra manera y Henry ni siquiera estaría aquí ahora. Escúchame, si algo llegara a ocurrir, sabes bien que esta es tu casa y que puedes acudir a nosotros en cualquier circunstancia. Somos tu familia, Lexie, y la familia está para ayudarse los unos a los otros.

– Muchas gracias, Vivi. Lo agradezco de veras.

– No hay de qué, cariño. ¿Estás asustada?

– Aterrada – confesé en susurros. – Ni siquiera puedo imaginarme que algo así llegara a ocurrir. No creo que pudiese soportar estar sin Henry de nuevo y mucho menos contemplar la posibilidad de que no regresara.

– Sobrevivirás, Lexie. Eres más fuerte de lo que crees, te lo aseguro. Pero uno no lo sabe hasta que la vida le pone a prueba. Si aceptas un consejo, no pienses demasiado en ello, ¿quieres? Disfruta de Henry tanto como puedas mientras esté aquí. Quizás mañana sea tarde para eso.

Después de cenar, nos reunimos alrededor de la mesa de té y charlamos los cinco largo y tendido sobre diversas historias. Harold nos contó, por tercera o cuarta vez desde que le conozco, cómo se conocieron él y su mujer. Intentó contarnos alguna anécdota ocurrida en la Primera Guerra Mundial, pero Vivi le cortó de inmediato, probablemente para que evitásemos hablar del tema nuevamente. Vivianne nos explicó lo diferentes que eran sus dos hijos y narró las diversas peripecias que les habían ocurrido a cada uno de ellos mientras se convertían en los hombres que eran en aquel momento.

Harold se ofreció a acercarnos a casa, pero le dijimos que no era necesario. Los padres de Henry no vivían demasiado lejos de nuestro piso, así que preferimos regresar dando un paseo. Íbamos de camino por una de las calles principales de Liverpool cuando, de pronto, mis ojos quedaron clavados en un escaparate sin apenas darme cuenta. Henry paró dos pasos por delante de mí y me preguntó qué ocurría, pero intenté no desvelar mi deseo, pues sabía que lo solventaría rápidamente. Ahí estaban, esperándome, unos zapatos rojos iguales a los de Dorothy en *El mago de Oz*. Justo los que Abbie quería. Eran perfectos para ella y estaba segura de que le quedarían estupendos en sus estilizadas piernas. Pero eran demasiado caros.

Volví a ponerme a la altura de Henry y Callum, Henry me cogió de nuevo por la cintura.

– ¿Por qué no vamos mañana a dar un paseo en bici? Callum puede coger la de Tom y mamá te prestará la suya – propuso Henry. Tanto a Callum como a mí nos pareció una idea estupenda, así que el día siguiente pasamos una divertida mañana paseando por Liverpool en bicicleta.

Cuando salí de trabajar la tarde siguiente, dos personas muy especiales aguardaban por mí en la puerta. Henry y Callum pasaron a buscarme a la salida y, tras recoger las bicicletas, fuimos juntos a dar una vuelta por la ciudad y a mostrarle a Callum los espectaculares paisajes de Port Sunlight.

Capítulo 8

1 de septiembre de 1939

Recé cada día, mañana, tarde y noche, para que un milagro ocurriera y la guerra no se originase. Pero todas mis plegarias fueron en vano.

– ¿Lo habéis oído? – irrumpió trepidante Henry en la cocina, donde Callum y yo charlábamos animadamente. – Hitler acaba de invadir Polonia. Varsovia ha sido bombardeada – anunció ante nuestra mirada atónita. – Ya nadie puedo negarlo, cielo. A todas instancias, acabamos de declararnos en guerra con Alemania.

Mis más profundos temores acababan de hacerse realidad. Lo que ocurrió dentro de mí en ese preciso instante, es algo que las palabras no alcanzarían a explicar. Sentí cómo mi vida entera se derrumbaba en un solo segundo. Todo lo que había conocido hasta entonces iba a cambiar, absolutamente todo. Me quedé paralizada, mirando fijamente al lugar donde Henry se encontraba cuando nos había dado la terrible noticia, pese a que ahora se había movido de lugar. Sentí mi cuerpo temblar y balancearse de un lado a otro.

– ¡Lexie! – me llamaba Callum agitándome. – ¿Te encuentras bien? – preguntó con gesto de preocupación.

– Supongo que no – alcancé a balbucear.

– Sabes lo que esto significa, ¿verdad? – me preguntó Henry colocándose a mi altura, para que sus ojos estuvieran justo en frente de los míos. – Significa que voy a tener que irme pronto, amor mío – me confesó con gesto de resignación, cogiéndome de las manos.

Me deshice de sus manos con un gesto un poco agresivo, aunque en ese momento ni siquiera me di cuenta. Salí corriendo hacia el cuarto de baño sin mirar a ningún otro lado. Entré en él, cerré la puerta de un portazo y me senté tras ella. Con la espalda apoyada en la puerta para que nadie pudiera entrar, les grité que me dejaran en paz, que me dieran tiempo. Y eso fue exactamente lo que hicieron, dejarme sola.

Tras un rato, mi cabeza pudo pensar con más calma. El día que tanto temía había llegado finalmente, estaba aquí y tenía que enfrentarme a él. Lo que más miedo me daba desde que papá se fue, era que alguien tan cercano a mí como Henry pudiera volver a dejarme sola. Fue lo más doloroso que recordaba haber vivido nunca y ahora debía enfrentarme de nuevo a ello. No iba a ser fácil, igual que no lo fue cuando papá nos dejó, pero Vivi Aldridge me dijo hace unos días que era más fuerte de lo que imaginaba. Así que, quizás tuviera razón.

Desde luego era una situación muy desagradable. Más allá de la crueldad de la guerra, pensar en estar sin Henry justo cuando comenzábamos una vida juntos por fin, me ahogaba. ¿Cómo iba a ser capaz de vivir sin él? De pronto, el piso de Aintree en el que pensábamos criar a nuestra numerosa familia, empezó a encoger para mí y a atraparme entre sus paredes. ¿Podría vivir allí sola, sin Henry? ¿O tendría que regresar a casa con mamá?

No podía entender lo que llevó a mi país a entrar en la guerra, ni lo que Alemania pretendía conseguir con ella. No era capaz de alcanzar las razones que nos llevaron a esa situación, una situación agónica y dolorosa. Pero, sin duda, sería igual de complicada para Henry; así que culparle de querer ir al frente, no era justo en absoluto.

Abrí la puerta cuidadosamente y salí de allí con la cara bañada en lágrimas. Los chicos ya no estaban en el salón. Callum debía estar en el cuarto de invitados y Henry se encontraba en el nuestro. Entré sigilosamente y vi cómo organizaba su ropa para guardarla dentro de una maleta.

– Cariño – me recibió. – ¿Estás mejor? – me preguntó con dulzura, acariciando mis manos.

– Henry, lo siento mucho – me disculpé entre sollozos. – He sido muy egoísta. Cada vez que hablabas de la posibilidad de que este día llegase, cada vez que lo nombrabas, te culpaba a ti. Te culpaba de que quisieras que ocurriera y poder ir a luchar y jugarte la vida. Solo pensaba en que no quería quedarme aquí sola, que no podría sobrevivir lejos de ti, pero en ningún momento pensé en lo que eso suponía para ti también. En ningún momento pensé en lo que tú podías sentir. Pero ahora lo sé, Henry. Sé que todo esto te gusta tan poco como a mí y que lo único que quieres es dar la cara por los tuyos y velar por que a ninguno de nosotros nos pase nada. Eres muy generoso y muy valiente y no he podido verlo hasta que toda esta situación se me ha venido encima. Espero que puedas perdonarme – me disculpé cabizbaja.

– ¡Ey! – exclamó mi marido, levantándome la barbilla y mirándome a los ojos. – Ven – me dijo, retirando la maleta de lo alto de la cama y dejando el hueco libre para que consiguiésemos tumbarnos juntos. Me recosté sobre la cama y Henry sobre mí, de modo que podía mirarme directamente a los ojos. – Escucha, amor mío, todo va a salir bien. Iré a luchar a la guerra como todos nuestros compatriotas. Tú estarás aquí esperándome, escribiéndome cartas y yendo a comer con mis padres los domingos. Les plantaremos cara a esos alemanes y volveré pronto. No voy a dejarte, Lexie. No voy a dejarte nunca. Tranquila – me explicó, terminando con un dulce beso.

Henry me besó la mano y se tumbó a mi lado, apoyó mi cabeza contra su pecho en un gesto protector. Así nos quedamos largo rato, hasta que ambos caímos dormidos.

El 3 de septiembre de 1939, Gran Bretaña le declaró la guerra a Alemania. Para todas y cada una de las familias de mi país, la vida nunca volvería a ser la misma.

Henry decidió visitar a sus padres para despedirse antes de que les llamaran a filas. Callum le acompañó. Yo preferí ir a ver a mi familia para ponerles al día de los últimos acontecimientos, si es que no se habían enterado ya.

– ¡Dios Santo, hija! – me recibió mamá agitada. Desde luego ya conocía la noticia, o es que algo aún más grave había ocurrido también. Y esta vez, preferí que fuera lo primero. – ¿Dónde está Henry?

– Ha ido a visitar a sus padres. Su hermano Tom también debe acudir. Vendrá más tarde junto a Callum.

– Entra, hija. ¿Quieres un poco de té?

– No, madre, gracias. Si tomo un poco de té, escalaré hasta el tejado y saltaré – afirmé.

– ¡No digas algo así ni en broma! – se escandalizó mamá.

– ¿Dónde están mis hermanos? – me interesé tras notar la casa bastante silenciosa.

– Alfie está repartiendo periódicos. Hoy tendrán mucho más trabajo y le han llamado antes. Abbie irá a recogerle en unas horas. Ella debe estar en casa de alguna de sus amigas de clase, me dijo que vendría ya con Alfie. Y Art está arriba en su cuarto. No sé cómo decírselo, Alexa. Aunque, quizás no tenga que saberlo. Después de todo, cumple quince en noviembre. No creo que la guerra dure tres años – afirmó. – ¿Verdad? – buscó apoyo preocupada.

– No lo sé, mamá. No tengo idea cuánto va a durar esta pesadilla, ni cómo vamos a enfrentarnos a ella, pero sé que tenemos que hacerlo juntos. Yo te ayudaré a decírselo a Art, si es más sencillo para ti, pero debe saberlo. Va a enterarse de todas maneras. Desde hace días la gente no habla de otra cosa y ni siquiera había ocurrido realmente hasta ahora. ¿Crees que no se van a multiplicar los comentarios a partir de este momento? Es mejor que sepa a lo que nos enfrentamos. Art ya es un hombre.

– Lo soy – irrumpió en la cocina mi hermano con orgullo. Le contamos lo que estaba sucediendo, pero Art pareció saber gran parte de lo acontecido. Su hermano pequeño repartía periódicos después de todo y él no pasaba el día encerrado en casa. Así que era de esperar que conociese parte de la situación que ocupaba al país desde hacía meses.

Callum y Henry llegaron poco después, tras la visita a la familia Aldridge.

– ¿Cómo están las cosas por allí? – me interesé a su llegada.

– Bueno, mis padres ya esperaban que esto ocurriese, como sabes. Eso no lo hace más sencillo, pero descarta la conmoción que implica el factor sorpresa. Quien no se lo ha tomado nada bien ha sido mi hermano Tom.

– Tiene miedo – afirmé.

– Está aterrorizado. Hemos estado hablando con él para darle ánimos. La llamada a filas será inminente y no hay tiempo para pensarse nada.

– Va a ser difícil para vosotros dos – confesaba mi madre con melancolía. – Ahora que empezabais a vivir vuestra vida...

– No pasa nada, señora Buckley. Volveré antes de lo que imaginamos y podremos retomar lo que ahora dejamos pausado. Disfrutaremos de nuestro piso y de nuestra vida de casados. Y le daremos unos nietos preciosos con los que jugar – explicaba Henry ilusionado. Tanto, que parecía real. – Lo difícil de verdad va a ser despedirse. Puede que sea mejor que nos avisen de improviso y debamos irnos sin despedidas. Quizás de ese modo sea menos doloroso.

– No lo creo – confesó mi madre. – Será doloroso de cualquier manera. Pero debéis manteneros unidos y ser fuertes chicos. Ahora más que nunca, todos debemos ser fuertes.

Abbie regresó con Alfie rato después de que nosotros nos marcháramos a casa.

Podría considerar que el siguiente día fue uno de los más horribles que recuerdo en mi vida. Henry debía irse en solo unas horas y lo peor era que ni siquiera sabía cuándo volvería a verle de nuevo. Le ayudé a preparar sus cosas y comimos junto a Callum en la que, probablemente, fuera la peor comida de mi vida. Apenas pude probar bocado. Saber que sería la última comida con Henry hizo que mi estómago se cerrara y que mi cabeza no dejara de darle vueltas a cómo sería a partir de ahora la vida junto a mi marido o, mejor dicho, sin él.

Aquella noche apenas pude dormir. Me costó algún tiempo conciliar el sueño. Poco tiempo después de lograrlo, desperté de nuevo, en el preciso momento en que sentí que el brazo de Henry se deslizaba bajo mi cabeza y daba media vuelta para incorporarse. Yo también giré y pude ver cómo se levantaba de la cama, cogía su equipaje y caminaba hacia la puerta. Se marchaba. Iba a irse sin avisar y yo, por extraño que parezca, no podía hacer nada. Mi cuerpo no reaccionaba y no podía moverme para evitar que Henry se fuera de ese modo. Lo único que alcancé fue a notar que varias lágrimas inundaban mis ojos y caían por mi rostro para terminar sobre las sábanas. Di de nuevo media vuelta, de espaldas a la puerta por la que Henry acababa de marcharse y abracé con fuerza la almohada, como si de él se tratase. Continué llorando durante un rato, hasta que escuché la puerta abrirse de nuevo. Probablemente fuera Callum, que habría escuchado a Henry partir; pero mi cuerpo seguía inmóvil. No fue sino cuando noté a alguien tumbarse sobre el otro lado de la cama, que giré poco a poco para descubrir a Henry metiéndose bajo las sábanas como si nada.

– ¡Henry! – exclamé entre confundida y aliviada. – ¿Qué haces aquí?

– Voy a seguir durmiendo, cariño. Solo he ido por un vaso de agua. Siento haberte despertado. ¡Hey! – exclamó al ver mi cara húmeda. – ¿Qué pasa ahora, preciosa?

– He visto cómo te llevabas las maletas – corregí molesta.

– Iba a dejarlas en la entrada. No pasa nada – me tranquilizó secándome las lágrimas de mis mejillas.

– Pensé que ibas a marcharte sin despedirte de mí – confesé temblorosa entre sollozos. – Ayer dijiste que preferirías que fuera de esa manera, que quizás eso lo hiciera menos doloroso.

– Cariño, no voy a irme sin despedirme de ti. Tranquila, era solo una forma de hablar. Jamás me iría sin decirte a dónde voy.

A mediodía, nos despedimos de mamá y de los chicos y acompañamos a Henry a la estación. Allí nos esperaban sus padres y su hermano Tom, listo también para irse. Aunque su cara dejaba latente que era el que menos ganas tenía de ir de todo el tren.

Los padres de Henry se despidieron de su hijo menor para, inmediatamente después, acudir al lugar donde estaba el mayor, Tom Aldridge.

Henry besó a Abbie en la mejilla y esta se despidió con un «cuídate» algo diferente a la energía habitual de mi hermana. Eso denotaba sin duda la gravedad de la situación.

Después llegó el turno de Callum, a quien Henry dio un fuerte abrazo y dijo algo al oído.

– Callum, eres mi mejor amigo. Yo tengo que irme, pero necesito que tú te quedes aquí y cuides de Lexie. No podría soportar dejarla sola y que algo le pasara. Necesito saber que tú estarás aquí cuidando de ella.

¿Harías eso por mí?

Callum miró fijamente a su amigo. Sus ojos oscuros y profundos se cruzaron con los azules y dulces ojos de Henry y le dijo:

– Confía en mí, amigo mío. Cuidaré de ella, Henry. No la dejaré sola.

Ambos amigos se fundieron en un emotivo abrazo y, por fin, Henry giró hacia mí y me dedicó unas palabras.

– Cuídate, amor. Sé fuerte, apóyate en los tuyos y piensa mucho en mí. Yo estaré bien porque, sea el momento que sea, pensaré en ti y sabré que tú estás haciendo lo mismo. No importa lo que esté ocurriendo o en qué lugar estés, sé que estarás pensando en mí. Y eso me hará salir adelante. Te quiero, Lexie Buckley y quiero pasar el resto de mi vida contigo. Te lo dije hace apenas un año ante un cura y volveré a decirlo ante quien sea necesario, porque es lo que quiero, mi amor. Quiero volver pronto y pasar mi vida a tu lado. No lo olvides, Lex. No olvides que allá donde esté, hay un hombre que está dispuesto a dar la vida por ti y que por eso tiene valor para ir a esta guerra. Te amo, mi vida.

– Yo también te amo, Henry. Cambiaste mi vida desde que entraste en ella y encendiste la luz donde solo había penumbra. Lleva esa luz allá donde vayas e ilumina la vida de tantas personas como puedas, como lo has hecho con la mía y la de mi familia. Pensaré en ti, amor. Pensaré en ti.

– Pensaré en ti – concluyó Henry dándome un

largo y romántico beso.

Con su equipaje al hombro, dio media vuelta. Ver su espalda fue el último gesto que me hizo ser consciente plenamente de lo que estaba sucediendo. Se iba. Se marchaba y yo no tenía ni idea de cuándo volvería a verle de nuevo. Mis peores temores habían terminado haciéndose realidad y tenía que separarme de Henry. Ya no había vuelta atrás, se marchaba a la guerra.

Caminó hacia el vagón que le habían indicado y, antes de subir, volvió a dar media vuelta y me lanzó un beso. El último beso. Pude verle unos segundos más antes de que el tren partiera definitivamente minutos después. Ya en su vagón, Henry asomó la cabeza por la ventanilla .

– ¡Os quiero! – sentenció aprovechando los últimos minutos antes de que el tren iniciase su marcha.

– Vámonos ya – les pedí a Callum y Abbie inmediatamente después. – No aguanto esto ni un minuto más.

Nos dirigimos a la salida de la estación y vi dos jóvenes fundiéndose en un cariñoso abrazo. Eran Betty Campbell y Pattrick Jenner, despidiéndose. Me apenaba profundamente despedirme de Henry, pero ver a los dos jóvenes abrazándose entre lágrimas me rompió el corazón.

Betty parecía haber venido sola. Aguardamos a su lado hasta que Paddy hubo de ingresar también en el tren.

– Buena suerte, Paddy – me despedí.

– Buena suerte – repitió mi hermana. – Cuidaremos de ella – le aseguró, cogiendo a su amiga por los hombros.

Cuando Paddy entró en el vagón, Abbie abrazó a su amiga, que no pudo evitar echarse a llorar entre sus brazos.

Ver aquel tren marcharse, hizo que sintiera mi corazón quebrar. Con él también se iban mis sueños, el amor de mi vida y todas las esperanzas que tenía de comenzar una nueva vida junto a él después de todo lo que había ocurrido estos años atrás. Ahora, toda esa nueva vida expectante de que la desenvolviésemos y comenzáramos a experimentarla, debería esperar solo Dios sabía cuánto tiempo.

Capítulo 9

5 de septiembre de 1939

Callum y yo hicimos una visita a mi familia, aquella mañana de septiembre en la que los nervios ya comenzaban a estar presentes. A solo dos manzanas de mi casa, vi a un niño con gorra voceando lo que llevaba entre las manos, la prensa del día. Visualicé a mi hermano pequeño, entregado a su labor y no titubeé ni un segundo. Me dirigí hacia él con paso firme y le abracé cálidamente.

– Ya está bien por hoy. Nos vamos a casa, tesoro le informé.

Él, como un niño obediente que era, recogió su pila de periódicos y nos fuimos los tres a casa.

– Hija, buenos días. ¿Cómo estáis? ¡Alfie! – exclamó al ver a mi hermano cogido de mi mano. – ¿Qué ocurre? – me preguntó con gesto de preocupación.

– Alf, ¿por qué no vas a enseñarle a Callum cómo se juega al escondite? ¡Es muy malo! Seguro que le ganas.

– ¡Oh! ¿Me enseñarías? – ayudó mi amigo.

Alfie se llevó a Callum al pasillo, sonriendo al imaginarse su clara victoria. Entré con mamá en la cocina, acerqué una silla y tomé asiento junto a ella.

– Madre, el gobierno acaba de ordenar la evacuación de los niños. Empezará mañana por la mañana. ¿Quiere que le ayude a preparar el equipaje de Alfie?

– ¡No! ¿Evacuarle? – repitió mamá abrumada.

– Sí, mamá. Tenemos que evacuar a Alfie. Es el único de nosotros que puede hacerlo. Bien sabe Dios que si pudiera enviar a Art y a Abbie, también lo haría.

– Hija, no podemos hacer eso – se excusaba mamá angustiada.

– Madre, le enviarán a las afueras con una familia que cuidará bien de él. Le mantendrán a salvo hasta que esta guerra termine.

– No puede irse, Alexa. No sabemos cuándo terminará esto. No le dejaré solo. No os dejé cuando vuestro padre murió y no voy a hacerlo ahora.

– ¡Eso era completamente diferente, madre! ¡Ahora estamos en guerra! – traté de convencerla.

– Puede que no ocurra nada aquí – intentaba convencerse a sí misma.

– ¿Está de broma? ¡Liverpool es uno de los principales puertos del país! ¡Es solo cuestión de tiempo que empiecen a bombardearnos! ¡Tiene que sacar a Alfie de aquí como sea! – le supliqué.

Ayudé a mamá a empaquetar las pocas cosas de Alfie, todo lo que él había heredado de Art, incluso algunas de mí y de Abbie.

Dos días después acompañamos a mi hermano pequeño al autobús que salía de Lime Street y que les conduciría a diferentes puntos de la isla. Aquellos que podían permitírselo, enviaron a sus hijos a lugares más resguardados fuera del país, incluso fuera del continente. A Alfie le enviarían a Chester, no muy lejos de Liverpool, con una familia que ya tenía dos hijos mayores que él. Solo esperaba que le tratasen bien y que Alfie pudiera no ser testigo de las atrocidades que estábamos a punto de contemplar en todo el país.

Muchas familias podrían ir a ver a sus hijos de vez en cuando. Chester no estaba muy alejado de Liverpool, pero ni siquiera tendríamos para comer en unas semanas, por lo que visitar a Alfie se tornaba una utopía.

Mamá fue incapaz de dejar ir a su niño, por lo que Callum y yo nos encargamos de llevar a Alfie a Lime Street, donde numerosas familias se despedían de los más pequeños. Alfie nunca llegó a conocer a papá, por lo que mamá se había vuelto mucho más protectora con él de lo que podía haber sido con cualquiera de nosotros tres. Si bien era el más vulnerable, puede que crecer en una familia uniparental con tres hermanos mayores hubiera hecho así a cualquiera, no solo a Alfie. Además, solo tenía seis años.

– ¿Por qué tengo que irme, Lexie? – me preguntó el pequeño compungido.

– Porque no estás seguro aquí, Alfie. Te quedarás con una familia durante un tiempo – le informé con el mismo desánimo, esforzándome por que la situación pareciera apetecible.

– ¿Y por qué no estoy seguro aquí? – continuó indagando.

– Es complicado, Alfie. Lo entenderás mejor cuando seas mayor – traté de zanjar la entrevista.

– No quiero ser mayor. Los mayores siempre dicen que las cosas son complicadas. Y yo nunca entiendo por qué – se quejaba mi hermano pequeño.

– Mira, Alfie, imagina que aún estás de vacaciones, ¿vale? Vas a pasar unas largas vacaciones con una familia, en una casa muy grande y muy bonita. ¡Creo que tienen animales! ¡A ti te encantan los animales! – explicaba, tratando de mostrar cierto entusiasmo. – Puedes jugar con ellos y darles de comer. Va a ser... ¡maravilloso!

– ¿Y cuándo vais a recogerme? – prosiguió él.

– Eh... No lo sé, Alfie.

– ¡Pero yo no quiero irme, Lexie! – confesó de una manera que me partía el alma. No era grato para mí meter a mi hermano en un autobús repleto de niños y enviarle a Dios sabe dónde, con Dios sabe quién, a merced de lo que hicieran con él. Pero Alfie estaba a punto de cumplir los siete, era solo un niño asustado y ésta, la única manera que había de salvarle. – ¿Por qué tú no vienes conmigo? – preguntó.

– ¡Alfie, basta! ¡Deja de hacer tantas preguntas! – le reñí repentinamente. – Y termina de abrocharte los botones – concluí tratando de suavizar mi reprimenda.

– ¡Louise! ¡Dale la mano a tu hermano! – gritaba

una madre a mi lado.

– ¡Vamos, Marcus! ¡Coge tu sombrero y sube al autobús! – rezaba otra.

– Cariño, iremos a verte todos los fines de semana – le aseguraba una familia a una de sus hijas. Junto al padre y la madre, había otra niña, exactamente igual que de la que se estaban despidiendo. Sin duda era su hermana mayor, pero debía estar por encima de la edad, aunque no lo aparentaba, pues no llevaba equipaje consigo.

– Hank, Ursula, no os separéis. Manteneos siempre juntos. Cuida bien de tu hermana, ¿vale, hijo? – escuché a otra.

Luché con todas mis fuerzas, para que las lágrimas que empañaban mis ojos no corrieran hasta mis mejillas. Bastante duro sería para Alfie ya, como para dificultárselo más viéndome llorar. Cuando acompañé a Henry a la estación de tren y me despedí de él, pensé que no habría nada tan doloroso como despedirme de mi marido para dejarle marchar a la guerra. Pero me equivocaba, aún no había tenido que dejar a Alfie solo en un autobús con un montón de niños. Me partía el corazón ver a mi hermano pequeño mirándome con ojos vidriosos. Podía ver el miedo a través de ellos, la incertidumbre de no saber lo que pasaría, ni de cómo sobreviviría él solo e indefenso.

Un señor con bigote, que desde luego no pasaba hambre, indicó que los niños podían empezar a acudir y ver en qué autobús les correspondía montarse.

– Lexie, creo que es mejor que le acompañes tú – me indicó amablemente Callum. – Yo aguardaré aquí.

– De acuerdo – accedí. Ante esas palabras sentí unos nervios terribles, como si hubiera ido corriendo a toda velocidad y hubiese parado justo al borde de un precipicio, a punto de caer al vacío. Estuve a punto de echarme atrás, pero tenía que hacerlo por el bien de mi hermanito.

– Buenos días, señorita – me saludó el caballero. – ¿Su nombre? – preguntó señalando a Alfie, con una libreta en la mano.

– Alfred Buckley – respondí yo con Alfie cogido con fuerza a mi mano.

– ¿Seis años? – preguntó el señor de nuevo.

– Así es. Cumple siete en noviembre – indiqué con un nudo en la garganta intentando tragar saliva.

– Muy bien. Alfred, irás en el autobús número dos. Tú serás el número tres. ¿Podrás recordarlo? – le preguntó sin mucha confianza.

Alfie asintió y dio media vuelta, apoyándose contra mí. Pude notar cómo temblaba. Me agaché para situarme a su altura y le abracé con fuerza. Él hizo el mismo gesto, con tanta fuerza que estuvo a punto de derribarme. Le temblaban los brazos y las piernas y su corazón latía con una inusual rapidez. Creo que Alfie podía sentir que pasaría lejos de nosotros mucho más tiempo del que nos gustaría.

– Alfie, volveremos a vernos antes de que puedas pensarlo. Te quiero mucho, tesoro – le confesé. Él, con los ojos encharcados en lágrimas que no se atrevían a salir de ahí, me respondió que también me quería y volvimos a abrazarnos como si no volviéramos a vernos más. Le apreté fuerte contra mi cuerpo, para que no pudiera irse jamás de mi lado. Esto era más duro de lo que imaginaba, pero debía recordar que estaba haciendo esto por su bien y no merecía quedarse allí, a merced de lo que los alemanes y sus aliados hicieran con nosotros.

Besé la frente de mi hermano pequeño y vi cómo subía sin ganas al autobús. Cuando ya estuvo dentro pude verle sentado y aprecié cómo las lágrimas que invadían sus ojos habían terminado de caer, incesantes, por su pálida piel. Ahí no pude seguir conteniéndome y las mías también corrieron raudas por mis mejillas. Giré y coloqué mi cabeza sobre el hombro de Callum, que me rodeó con su brazo, y vimos cómo el autobús que transportaba a Alfie y un par de ellos más, abandonaban Lime Street rumbo a algún lugar, esperábamos, más pacífico y seguro.

– No puedo soportarlo – le confesé a Callum con un profundo dolor en mi corazón. – Esto es demasiado.

– Tranquila, Lexie – trató él de animarme.

– Por favor, dime que debía hacer esto, Callum. Dime que va a estar bien, que esto era lo mejor para él. Porque ahora mismo me siento fatal. Me siento la peor persona del mundo.

– Lexie, no tenías elección. Has sido muy generosa pensando en lo mejor para él, aunque eso pudiera ser extremadamente duro también para ti.

– Es devastador – corregí.

– No había una opción fácil, pero tu hermano estará a salvo de esta manera. Esperemos que esta dichosa guerra no dure demasiado y podamos ir a recogerle pronto.

– Va a ser muy difícil todo esto. Lo sé – sollocé.

– Yo estaré contigo – me aseguró acercándome del hombro para poder darme un beso en la frente.

Cuando Mollie y Stella llegan a casa, Kara está durmiendo en su cuarto y Rose Miller aguarda en el salón, en la planta baja.

– Buenas noches, señora Miller – se despide Stella antes de subir a la planta de arriba. – Buenas noches, amor – le dice a Mollie dándole un beso en la boca.

Ésta le responde y toma asiento junto a su vecina sobre el sofá.

– Creo que ya lo sabía – asegura ella.

– ¿El qué? – pregunta Mollie perdida. – ¿Qué sabía, señora Miller?

– Supe que Stella era tu pareja desde el primer momento en que me hablaste de ella.

Mollie sonríe ante el comentario de la anciana.

– Sí – admite. – Es ella. Pero no soy lesbiana, señora Miller, si es lo que está pensando.

– No estaba pensando nada, Mollie. No soy nadie para juzgarte.

– Bueno, pero sé que la gente de su edad no aprueba estas cosas. La madre de Stella es solo seis años más mayor que la mía y nunca lo ha entendido. Dejó de hablar con ella la primera vez que Stella le comunicó que le gustaban las mujeres. Tuvo la confianza para sincerarse con ella y su madre le pagó con el desprecio. No hablan desde hace quince años. ¿No es injusto? ¿Acaso no son nuestros padres quienes más nos aman?

– Eso es muy triste – admite la anciana. – Nadie debería juzgar a nadie por el modo en que ama a otra persona. Al fin y al cabo, eso no es algo que se elija. Y amar siempre es algo bonito. ¿Cómo te percataste de que querías a Stella?

– Fui a la universidad, estudié Derecho en Oxford y allí conocí a un chico, Nathan. Era un chico muy guapo. Empezamos a vernos después de las clases y acabé enamorándome de él, o eso creía entonces. Poco antes de acabar la universidad me pidió matrimonio. Me casé con veintiún años pensando que era el amor de mi vida. Tuvimos a Kara y parecía ser lo único que nos faltaba para completar el cuento pero, como puede suponer, no fue así. Yo no era feliz con todo eso y decidí terminar con la vida que llevaba. Dejé a mi marido, me mudé de casa, cambié de trabajo... Lo que se dice empezar de cero. Y comencé una nueva vida. Empecé a ser feliz. Era feliz sola, con mi hija y con un trabajo para el que no me sentía preparada pero que, sorprendentemente, se me daba bien. Y cuando pensé que las cosas me iban bien, conocí a alguien que me hizo darme cuenta de que aún podían ir mejor. En ocasiones, hay maneras ingeniosas de hacerte ver que, cuando menos te lo esperas, la vida aún puede sorprenderte.

– Y esa persona es Stella.

– Eso es. Nunca antes había pensado que pudiera estar

con una mujer, señora Miller. No me considero lesbiana, no me gustan las mujeres. Aunque en el instituto siempre le miraba las tetas a mis compañeras en el vestuario – bromea. – Simplemente, Stella hizo que me enamorara poco a poco de ella. Me enamoré, por primera vez en mi vida y resulta que esa persona es una chica. Nada más.

Rose Miller echa de nuevo un vistazo a la vitrina que decoran numerosas fotos de sus vidas. Se fija en una en la que, una Stella algo más joven porta una barriga considerable, mientras Mollie, agachada, la besa.

– Stella estaba embarazada de siete meses de Aileen – explica Mollie recordando el momento. – Estaba preciosa embarazada. Cuando decidimos tener una hija de ambas, tuvimos claro que debía ser Stella quien se quedase embarazada. Yo ya había vivido ese proceso con Kara y es una experiencia por la que toda mujer debería pasar, al menos una vez en la vida.

– Es un gesto muy generoso por tu parte, Mollie. Dice mucho de ti.

– Bueno, al fin y al cabo de eso trata el amor. Te hace ser más generoso y regalarle a la otra persona momentos inolvidables. Y ese lo era. Esa fotografía... – comenta señalando una instantánea justo al lado de la anterior en la que Mollie y Stella sonríen junto al London Eye. – Ese fue el momento en que decidí que quería estar con Stella para siempre. Fue en ese preciso instante en el que me di cuenta de que no podría vivir sin ella ni un segundo más y deseaba mantenerla a mi lado y crear un futuro juntas. Después de todo, crecí rodeada de mujeres, así que no es tan extraño que acabase decidiendo que quería pasar el resto de mi vida con una de ellas.

– Mollie, estoy realmente a gusto aquí contigo, pero creo que deberías descansar. Stella estará aquí solo un día más, así que descansa junto a ella y nosotras nos veremos el lunes, ¿de acuerdo?

– Gracias por todo, señora Miller. Es usted un ángel – se despide Mollie con un cariñoso beso en la mejilla de su vecina.

Capítulo 10

Henry apenas tenía espacio para moverse en el tren. Muchos jóvenes habían sido enviados a combatir y parecían ser demasiados para viajar cómodamente en aquel tren, aunque no todos acudirían en las mismas fechas. Serían llamados en días seguidos para evitar, precisamente, dicho problema.

Henry se sentía agobiado en su vagón debido a una mezcla entre las altas temperaturas que se registraban en el pequeño cubículo y la angustia que sentía por abandonar a su esposa para combatir en una guerra de la que, probablemente, no regresase. Así que decidió salir al pasillo a tomar un poco de aire.

Allí, otro joven sacaba la cabeza por la ventanilla.

– ¡Ey! ¿Te encuentras bien? – se preocupó Henry. El chico entró en el interior del tren nuevamente. Sus ojos marrones se salían de sus órbitas y su piel pálida contrastaba con su pelo castaño oscuro.

– No mucho – contestó él tragando saliva. – Estoy un poco nervioso – añadió pálido, visiblemente alterado y con gotas de sudor recorriendo su frente.

– Creo que alguien se ha meado en los pantalones –

comentó jactándose otro chico que apareció en el pasillo en ese momento.

– Tranquilo, supongo que todos lo estamos – trató de suavizar Henry, haciendo caso omiso al nuevo compañero.

– Disculpad – rectificó. Posiblemente se diera cuenta de que esa no era la mejor manera de presentarse. – ¿Queréis uno? – preguntó mostrando una caja de cigarrillos.

– No, gracias. Yo no fumo – respondió Henry educadamente. – Soy Henry, por cierto. Henry Aldridge. Vengo de Liverpool – se presentó.

– Jeremy Brett – siguió el chico de los cigarrillos estrechándole la mano a Henry. – Soy de Bristol. ¿Y tú? – sus ojos verdes miraron en dirección al tercer chico, que continuaba en otro lugar, muy lejos de allí. – ¿No te acuerdas de tu nombre? – bromeó.

– Soy Theodore Jansen. De—de—de Romford, Essex – tartamudeaba nervioso el muchacho. – ¿Sigue en pie ese cigarro? – se informó.

Brett le ofreció un cigarrillo a su compañero, que se atragantó con la primera calada. Sus gestos denotaban que jamás había fumado antes, pero los nervios parecían haberle lanzado al tabaco en un intento desesperado por engañar a su cuerpo y tranquilizarse un poco. Creo que no dio resultado.

– ¡No es para tanto, hombre! – aseguró Brett, con un golpe seco en la espalda, a Theo. Cierto es que Jeremy Brett poseía una constitución atlética, pero no le propinó la palmada tan fuerte como para hacerle daño. Sin embargo, Theo pareció romperse con tan contundente gesto. – ¿Vienes solo? – preguntó mirando a su espalda, tratando de explicarse el comportamiento de su compatriota.

– Sí – afirmó él con el miedo aún instalado en sus ojos.

– Bueno, creo que la compañía no será un problema – bromeó entonces Brett, intentando quitarle hierro al asunto. – ¿Y tú, Henry? – añadió, desviando la atención.

– Mi hermano mayor también viene, pero creo que ha subido a otro tren – comentó el de Liverpool.

– Debe haber sido difícil para tu madre, entonces – dedujo él. – La mía se ha despedido entre sollozos. Estaba muerta de miedo. Quedó viuda a finales de la Primera, creo que no aguantaría perder también a un hijo en esta guerra.

– Parece que no te da miedo enfrentarte a ella – examinó Theo Jansen. – A la guerra, me refiero.

– Eso es porque no me da miedo – aseguró él con valentía.

– ¿No te importa morir? – reaccionó Theo, de nuevo muy asombrado.

– Por supuesto que no quiero morir, pero esos tipos van a bombardearnos. Quieren reírse de nosotros y yo quiero defender lo que es nuestro y a nuestro país. Eso vale más que el miedo y mucho más que la posibilidad de morir. Quiero librar batallas épicas, quiero destrozar a esos alemanes, matarles uno por uno y llevarle sus cuerpos al Führer. Pero quiero regresar a casa para contarlo después de todo.

– Pero hay muchas posibilidades de que no regresemos – narró Theo por su parte, tragando saliva. – Es muy probable que esos alemanes acaben con nosotros y sean ellos quienes nos maten.

– No puedes pensar así... Theo – explicó Brett recordando con dificultad su nombre. – Nuestro armamento es infinitamente mejor que el de esos nazis. Tenemos buenos materiales y muy buena voluntad. Vamos a reventarles sus aspiraciones de liderar el mundo. Tenemos que creérnoslo nosotros primero.

Poco después, Henry se encontró con Paddy en la cola para entrar en los aseos. Habían habilitado solo unos pocos para poder aprovechar el máximo espacio posible en transportar a los reclutas.

– ¡Henry! – le llamó el joven. – El calor que hace aquí es insoportable – comentó su amigo tratando de aflojarse el cuello de la camisa. – Betty ha pasado la mañana llorando. Se ha metido en el cuarto y ha llorado durante horas. Pensaba que no iba a enterarme porque puso algo de música para intentar camuflar sus sollozos, pero pude escuchar su llanto. Creo que eso ha sido más duro que el momento en que nos comunicaron que debíamos venir aquí – miraba a su amigo apenado. – ¿Cómo se lo ha tomado Lexie?

– Bueno, tampoco le ha causado una alegría extrema, pero estoy seguro de que saldrá adelante. Es una mujer fuerte y valiente. Betty también lo es, así que no te preocupes por ella, Paddy. Saldrá adelante, estoy seguro de eso. Ahora preocúpate por ti y por volver sano y salvo a su lado. Durante los próximos meses será lo único que debas tener en la memoria. Vas a necesitar concentrarte en ello para salir airoso de esto.

– Sí, lo sé. ¡Vamos a defender a nuestras familias! – animó Paddy ilusionado y lleno de una pasión inusual en él. Pese a sus cortos dieciocho años, podía percibirse en él una valentía evidente y una determinación que, Henry estaba seguro, le llevaría muy lejos.

– Lucha por ellos, Paddy. Lucha por tus hermanos, lucha por Betty y lucha también por ti. Porque cuando todo esto acabe dentro de, esperemos no mucho tiempo, todo vuelva a ser como era.

Le llegó el turno a Paddy para entrar en los retretes del tren.

– Paddy – le reclamó Henry antes de entrar. – Pase lo que pase, estamos juntos en esto. Yo cuidaré de ti y tú cuidarás de mí. Nos montaremos juntos en este tren de vuelta, para regresar junto a las chicas.

Paddy se sintió reconfortado y sonrió ante el comentario de Henry. Le guiñó un ojo y cerró la puerta tras de sí.

Cuando el tren llegó al lugar indicado, nadie sabía dónde, Henry fue enviado junto a un gran número de chicos a reunirse con el General Brown, a cargo de ellos durante los próximos días, en los que les instruiría sobre todo lo necesario para empezar a combatir cuanto antes. Entre esos chicos, estaban Paddy, Brett y Theo. Henry aún no sabía que los vínculos establecidos en la contienda eran lazos de acero, inquebrantables y difíciles de comparar con cualquier otro.

Colocados en diversas filas perfectamente ejecutadas, esperaron la llegada del General, un militar que pasaba los cincuenta y que sería su guía en la trepidante y misteriosa aventura que entonces les aguardaba.

– Bienvenidos, reclutas – comenzó el militar con voz firme y categórica. – Quiero que sepan bien lo que van a hacer. Van a la guerra. A una guerra real. La guerra no tiene piedad. No entiende de clases, ni de edades y mucho menos de corazones. La guerra es un arma cruel y destructiva que acabará con todo aquello en cuanto creen. Van a enfrentarse al enemigo y tienen que hacerlo rápido y sin misericordia, porque ellos tampoco la tendrán con ninguno de ustedes. Tendrán que defenderse los unos a los otros porque allá, en el campo de batalla, será lo único que tengan.

» Todos esperamos volver y yo deseo que lo hagan, pero hemos de ser realistas. Se enfrentarán a la muerte a diario, se expondrán a ella a cada paso. Cada decisión que tomen será una opción inmediata de seguir con vida o de morir. Así que es muy probable que no todos regresen a sus casas. Algunos de ustedes volverán cuando todo esto finalice, pero la mayoría no regresará para contarlo. Unos vivirán, otros morirán en la batalla. Tienen que estar preparados para jugar sus cartas y ver qué les deparan. Déjenme citar al gran Dumas para decirles que aquí somos *uno para todos y todos para uno*. Cuenten conmigo para lo que necesiten. ¿Alguno de ustedes tiene alguna duda?

– Sí, señor – contestó uno de los reclutas.

– ¿Cuál es su duda, soldado? – requirió el General.

– Señor, ¿cree que podremos escribir a nuestras familias desde el lugar a donde nos dirigimos?

– Claro... Fitzgerald – leyó en su uniforme acercándose al joven que acababa de formularle la pregunta. – De hecho, deberían hacerlo siempre que las circunstancias se lo permitan. Créanme, será lo único que les haga mantener la esperanza de regresar algún día a casa.

» Todos y cada uno de nosotros dejamos madres, padres, mujeres, novias, hijos, hermanos... Que ellos sean la razón por la que luchan cada día. Que ellos les mantengan vivos.

» Les daré un consejo. Dejen el corazón con ellos, no lo necesitarán ahí abajo. No con el enemigo. Luchen por las personas que se han quedado en casa esperando mucho de nosotros y deseando que regresemos con la cabeza bien alta y el orgullo intacto. Defiendan el honor de su país, la dignidad de su nación. Defiendan a Reino Unido.

Capítulo 11

30 de octubre de 1939

Se acercaba el tres de noviembre, el séptimo cumpleaños de Alfie y pensar que lo pasaría lejos de su familia, me apenaba poderosamente.

– Estará bien, Lexie – me animaba Callum. – Seguro que le habrán preparado una tarta deliciosa.

– Gracias – le agradecí con un leve beso en la mejilla. Sabía que trataba de ayudarme. – Eres mi mejor amigo, Callum – confesé con una amplia sonrisa.

– ¿Sabes? Esas palabras podrían matar a un hombre – respondió, algo más serio de lo habitual en él. – No hacen falta bombas, ni tanques. Ni siquiera soldados que las lancen. Con solo cuatro palabras, una mujer puede matar a cualquier hombre del mundo – sentenció. Y un incómodo silencio se hizo entre nosotros tan solo unos segundos.

– ¿Has visto a esa chica de enfrente? – cambié de tema, tratando de sortear el anterior. – La chica rubia del número ocho – puntualicé.

– Sí, la he visto varias veces. La señora Ferguson dice que son franceses y que se trasladaron aquí hace algunas semanas.

– ¡Oh! ¿De veras? – exclamé mostrando interés.

– Así es. Parecen buena gente, pero supongo que no compartiremos demasiado con la nueva vecina. No tengo ni idea siquiera de cómo se dice «buenos días, vecina» en francés – bromeó mi amigo.

Reí ante el comentario de Callum. Siempre trataba de sacarme una sonrisa y de hacer que la situación, de por sí complicada, no lo pareciera tanto. Aunque se tornase algo muy difícil, he de confesar que lo lograba en numerosas ocasiones.

– ¿Y tú, Callum? Nunca me has contado nada acerca de tu familia, ni de cómo se puede sobrevivir tan lejos de ella – propuse, inclinándome hacia él en señal de mi máximo interés al respecto.

Callum, pese a ser un chico extrovertido, jamás había contado nada sobre su familia. Si bien hablaba sin parar y había conocido bastante de él en los últimos meses, había algo en ese chico, algo misterioso que yo ansiaba conocer.

Había decidido quedarse en Inglaterra, a pesar de la guerra que acontecía y contrario a sus planes iniciales de regresar a casa terminado el verano. Supongo que una guerra trastoca los planes de cualquiera y te obliga a adaptarte a las circunstancias, pero intuía que aún guardaba algún otro motivo adicional.

– ¿Quieres que te cuente por qué no he vuelto a casa aún? Los únicos recuerdos que tengo de mi infancia son de mi padre golpeando a mi madre. Lo hacía una y otra vez. En la cara, en los brazos, en el estómago... Donde pillase. La cogía del pelo y la arrastraba por toda la cocina, como si fuese un trapo viejo. Mi madre perdió tres bebés por culpa de mi padre. Ella nunca me lo dijo, pero lo sé porque perdió demasiada sangre en varias ocasiones. La primera vez apenas lo recuerdo. La segunda debió ser después de mi séptimo cumpleaños. Y la última, cuando aún contaba con once. Recuerdo muy bien ese día. Mi madre estaba muy nerviosa y recogió la sangre en cubos para que, cuando mi padre llegase a casa, no encontrase aquel desorden. Él ni siquiera se enteró. Era horrible verla de esa manera, pero siempre pensé que era muy fuerte y que las cosas cambiarían para ella algún día.

» Una mañana, regresé de la escuela y corrí a contarle a mamá los buenos resultados que había obtenido. Estaba muy emocionado, sabía que eso haría a mi madre muy feliz. Entré en su habitación y la vi tumbada en la cama. La grité. La grité una y otra vez porque pensaba que no me hacía caso, pero no estaba dormida. Levanté su blusa y su estómago estaba completamente negro. Mi padre debió de reventarle por dentro y se desangró. Su corazón se paró. Me puse a llorar en mi cuarto hasta que, rato después, escuché la puerta de la calle abrirse y vi a mi padre entrar como si nada hubiese ocurrido. Tenía tanta rabia dentro, estaba tan enfadado y me sentía tan impotente, que no podía pensar con claridad. Le vi sentado en su butaca del salón, leyendo el periódico como de costumbre.

Como un día cualquiera. Pero ese no era un día cualquiera. Vi su cara de cerdo asqueroso y repugnante. Me dio tanto asco verle tan relajado, que me acerqué a la cocina y cogí una navaja que mi padre guardaba de mi abuelo. Corrí a la sala donde se encontraba él y se lo clavé con fuerza tantas veces como pude. Una de ellas le dio directamente en el corazón. Y le maté. Asesté diecisiete puñaladas a mi padre y terminé con su vida, igual que él había acabado con la de mi madre – narraba Callum entre lágrimas. Jamás había visto a mi amigo derramando lágrimas. – Le maté, Lexie. Solo tenía once años y maté a una persona. Maté a mi padre.

– Acababa de matar a tu madre – le recordé.

– Pero terminé haciendo lo mismo que él – se quejaba, sin dejar de llorar. Sus manos temblaban y las sujeté entre las mías.

– Callum, mataste a un hombre horrible. ¿Quién sabe a cuántas personas más hubiera podido quitarle la vida? Tranquilo, no hiciste nada malo. Eras solo un niño.

– Me mandaron a vivir con mi abuela Ursula. Me prometí a mí mismo que tendría un buen futuro. Tendría cultura y una buena educación que no me dejase cometer actos malos nunca más. No quería ser como mi padre. Mi abuela me mandó a la universidad con todos sus ahorros. Le prometí devolverle cada moneda que me prestó, pero murió hace dos años, cuando yo aún estaba en Oxford.

– Nunca serás como él, Callum. Tú tienes un buen

corazón. Estoy segura de que tu abuela y tu madre estarían muy orgullosas de ver en quién te has convertido hoy; un joven compasivo, inteligente y con buenos valores.

– ¿Quieres saber por qué aún no he vuelto a mi país? – preguntó mi amigo. – Porque no tengo a nadie esperándome – me confesó tras una breve pausa.

Sus palabras eran duras. Si algo aprendí de Callum fue que no puedes juzgar a nadie. Puede que sepas quiénes son ahora, pero no tienes ni una mínima idea de los caminos que han atravesado para llegar a ser de ese modo.

– Esta es tu casa, Callum – le aseguré dulcemente. – Puedes quedarte el tiempo que quieras. No tienes que preocuparte.

– Lo sé, Lexie – afirmó mirándome con sus penetrantes ojos oscuros. Me acarició la mano y se secó las lágrimas. – La vida me ha premiado después de aquello, poniéndome a personas maravillosas en mi camino. Como tú y como Henry. Tengo suerte de haberos encontrado.

– Y nosotros de haberte encontrado a ti – le halagué. – ¿Quieres que vayamos a dar un paseo? – propuse. – Podemos ir a ver a mamá si te apetece.

– De acuerdo. Me parece una idea estupenda.

Desde que Henry se fue a luchar, Callum y yo habíamos compartido juntos muchos momentos en el piso de Aintree. Si bien visitábamos con frecuencia a mamá y a mis hermanos mayores, habíamos decidido no cambiar radicalmente todo lo que hasta entonces hacíamos. Quizás, en un vago intento de negar que la guerra ya estaba allí.

Mamá nos invitó a tomar té en la cocina.

– ¿Lo habéis oído? El hijo de Catherine murió la semana pasada en el frente. Un oficial vino a su casa y le dio la mala noticia personalmente. ¡Es terrible! – comentó mamá cabizbaja.

– Bueno, madre. Si algo malo pasase, nos avisarían tan pronto como pudieran. Y estoy segura de que todo va a salir bien – traté de calmar los ánimos.

– Pobre mujer – prosiguió. – Pierde a su marido en la Primera Guerra y a su hijo en la Segunda. ¡Debe ser espantoso! ¡Solo pido que la guerra no dure tanto como para que Arthur deba ir también!

– Madre, deje de pensar esas cosas.

– Estoy hablando en serio, hija. Deberíais dejar de venir tanto a partir de ahora. No es seguro andar por ahí.

– No se preocupe, madre – concluí.

Al volver, vimos de nuevo a la joven francesa junto a otra muchacha rubia. Debía ser su hermana pequeña. Charlaban sentadas en el escalón, bajo la entrada de su casa. La miré al pasar y su mirada se cruzó con la mía un instante, hasta que volví deliberadamente la vista hacia otro lado.

Pensé lo difícil que debía ser tener que vivir en un país extranjero, lejos de tu familia, de tus amigos y de todo lo que había formado parte de tu vida hasta ese momento. Entonces pensé en Callum, en cómo marcharse de su casa le había salvado y le había convertido en un buen chico. Debía ser muy duro crecer lejos de los tuyos, pero quizás fuese también la única opción posible.

Callum solía coger el coche de Henry para ir a ver a mi familia y pensó que sería buena idea que yo también pudiera usarlo. Jamás había tocado un coche y creí que sería una locura, pero Callum se propuso enseñarme a conducir aquel verano. Así que, clandestinamente cada noche, me llevaba a un rincón oscuro y apartado de la ciudad y me instruía en cómo manejar un vehículo. Me divertí mucho mientras aprendía con Callum. Siempre me divertía con él.

Una tarde, la menstruación me visitó de improviso y me retorcía en la cama del dolor.

– Ten – me ofreció Callum un paño caliente. – Póntelo en la tripa y te aliviará.

– Gracias – le respondí cogiéndolo. – Parece que tuvieras experiencia – sonreí.

– Puede que no tenga hermanas, pero me crie con tres primas mayores y aprendí mucho sobre mujeres – bromeaba.

– Es un dolor horrible – me quejé.

– Tranquila, pequeña, el doctor Hetfield ya está aquí – reía.

No pude evitar soltar una carcajada al comentario de Callum y eso hizo que me doliera la tripa aún más. No sé por qué razón, pero Callum siempre se preocupaba de que fuera feliz.

– ¿Por qué eres tan bueno conmigo? – indagué con

curiosidad.

– Porque eres una persona increíble, Lexie – respondió él. – Y… porque te quiero – añadió después.

– Yo también te quiero, Callum, pero no de ese modo – me apresuré a aclarar. – Lo siento, pero estoy enamorada de Henry.

– Lo sé – admitió él. – Y no tienes que disculparte por ello.

– Conocerás a alguien, Callum – le aseguré. – Estoy segura de que conocerás a alguien especial, que haga que te enamores del modo en que yo lo estoy de Henry. Solo espero que, cuando ese momento llegue, seas lo bastante astuto como para no aceptar nada sino lo mejor, porque eso es exactamente lo que mereces. Mereces a alguien maravilloso, como tú, que te ame incondicionalmente y que se vuelva loca por ti. Pero esa persona no está aquí en este momento.

Terminé abrazándole cariñosamente y dándole un beso en la mejilla. Parecía increíble que pudiera querer tanto a alguien a quien hacía unos meses ni siquiera conocía. Sin duda, en ese momento pude comprender lo que Henry había visto en aquel chico y lo que le había llevado a ofrecerle pasar las vacaciones con nosotros en Liverpool. Probablemente Henry conociera su historia también y yo fui tan egoísta, que me enfadé al pensar que tendría que compartir a mi marido el verano en que más debía disfrutar de él. En ese preciso insante, me alegré de que a mi marido se le ocurriera aquella maravillosa idea y de que fuera tan generoso como para compartir a Callum conmigo. Entonces era también amigo mío.

Capítulo 12

La señora Miller se acerca a casa de los Preston una calurosa mañana de julio, para cuidar nuevamente de Kara. Mollie está completamente sorprendida por un hecho hasta ahora jamás ocurrido.

– Tiene usted magia, señora Miller. Es la primera vez que Kara prefiere quedarse en casa, en lugar de ir a la piscina. ¡Kara adora nadar! ¿Sabe? ¡Siempre tengo que reñirla porque se le acaban arrugando los dedos de tanto tiempo que permanece sumergida! – ríe Mollie antes de partir para el trabajo. – Tengo que ir al trabajo. Pero algún día ha de contarme ese truco. Llevo doce años intentando averiguarlo.

Mollie las deja a solas de nuevo y Kara toma asiento junto a la anciana, esperando deseosa a que la señora Miller continúe con la historia.

– ¿Va a seguir leyéndome la historia, señora Miller? – le pregunta la niña, cuando Mollie ya se ha marchado. – Quiero saber lo que pasará con Callum y Lexie.

– De acuerdo, continuemos. Pero antes, ¿podrías, por favor, alcanzarme las gafas? Gracias – responde la anciana ante la obediencia de Kara, que ansía continuar con la historia y conocer lo que sucederá después. – Bien, yo también quiero saber lo que sucederá. Así que, sin más demora, vamos a comprobarlo…

9 de diciembre de 1939

Salí a comprar algunas cosas antes de que Callum despertase. Pronto empezarían las cartillas de racionamiento y debía guardar alimentos para poder comer más adelante. Me acerqué a un ultramarino y me hice con diversas cosas.

Al volver, justo en la esquina anterior a casa, caminaba en dirección este cuando alguien me sorprendió por detrás y me tapó la boca. Sentí algo puntiagudo en mi abdomen.

– Dame todo lo que tengas – escuché junto a mi oído.

– No tengo nada – respondí asustada. – Solo acabo de comprar un poco de comida. Tengo algo de dinero en el bolso. Si me dejas… – dije cuando alguien me interrumpió.

– Tomad – escuché una voz femenina tras de mí. – Llevaos esto – siguió. Imagino que les entregó algo. Uno de los asaltantes hurgó en la bolsa, me soltaron y desaparecieron corriendo por detrás.

Me giré aterrorizada, recogí del suelo lo que había comprado y comencé a meterlo todo apresuradamente dentro de la bolsa. La voz femenina que acababa de salvarme se agachó a mi lado y me ayudó a introducirlo todo en la bolsa, yo apenas atinaba. Era ella, la chica francesa de la casa de enfrente. La chica misteriosa que Callum y yo habíamos estado observando desde hacía semanas.

– Gracias – alcancé a decirle jadeante, sin salir de mi asombro.

– No pasa nada. Venía observándote desde allí y he visto cómo se acercaban. No es usual en esta zona, pero algo me dice que no va a ser un hecho aislado. Mi padre dijo que conforme la guerra fuera avanzando, la seguridad empeoraría. La gente estará tan desesperada por llevarse algo a la boca, que será capaz de hacer lo que sea necesario con tal de conseguir algo con lo que alimentar a los suyos.

Traté de incorporarme, pero seguía temblando.

– Espera – me pidió ella, cogiéndome del brazo. – Siéntate un momento aquí – me indicó, mostrándome un escalón donde tomar asiento. La francesa se sentó a mi lado. – No querrás que te vean así en casa, ¿verdad? Has hecho bien en hacerte con víveres – comentó echando un vistazo a mis bolsas. – Mi padre dijo que debíamos guardar alimentos básicos, para cuando comiencen con las cartillas de racionamiento. Debemos abastecernos de alimentos no perecederos que podamos conservar cuando no tengamos nada que comer.

– ¿Y quién es tú padre? – pregunté con curiosidad.

– El general Philippe Dupond. Trabaja para el ejército francés. Cuando se dio cuenta de que la guerra en mi país era inminente, decidió que mi madre, mis dos hermanos pequeños, Sebastian y Aurelie, y yo nos viniéramos a Liverpool a vivir con un amigo suyo. Vive en el número ocho y hemos residido allí desde entonces. Era probable que Inglaterra también entrase en la guerra, pero desde luego era mucho más seguro que quedarse allí.

– ¿Y tu padre? ¿Se quedó en Francia?

– Sí. Él y mis dos hermanos mayores, Raphäel y Pierre. Ambos son mayores de edad y debían prepararse para cuando la guerra comenzase.

– ¿Así que os vinisteis vosotros cuatro solos y dejasteis en Francia a la mitad de tu familia? – repetí para cerciorarme.

– Así es – afirmó ella.

– ¡Eso tiene que ser tremendo!

– No es fácil, pero papá sabe lo que es mejor para todos.

– Pensé que no sabías hablar inglés – le confesé después.

– Uno puede enterarse de cosas muy interesantes cuando la gente piensa que no le estás escuchando – me respondió. Sonreí ante su inteligente respuesta.

– ¿Quieres que vayamos hacia casa?

– Sí, vayamos paseando. ¿Estás más tranquila? – se cercioró la francesa.

– Creo que sí – admití. – Muchas gracias.

– No tienes que dármelas. Debemos ayudarnos.

Margot, que así se llamaba, vino conmigo hasta casa y le ofrecí entrar a conocer a Callum. Cuando entramos, Abbie también estaba allí.

– ¡Lexie! ¿Dónde estabas? – me recibió mi amigo. – ¡Estábamos preocupados por ti! – exclamó alterado. – ¡Oh! Hola – saludó, dulcificando el tono cuando vio a Margot entrar tras de mí. Una sonrisa se dibujó en mi cara. Me hizo gracia.

– He ido a comprar algunas cosas. Chicos, esta es Margot, nuestra vecina del número ocho. Margot, estos son Callum y mi hermana, Abbie.

Ambos saludaron a la francesa y le ofrecí un té por las molestias. Margot me recomendó que no contara nada en casa, pues solo les haría preocuparse y, después de todo, no había ocurrido nada. Gracias a ella, claro.

Tomó asiento a nuestro lado. Nos contó historias sobre su familia y de cómo debieron venir a Liverpool, dejando en Lyon a varios de sus miembros. Debió ser extremadamente duro para ellos. Ni siquiera podía imaginarme a Alfie lejos de nosotros, por lo que sería impensable pensar en mantenerme alejada de todos los demás miembros de mi familia. Supongo que, en el fondo, mi situación y la de aquella joven no eran tan diferentes después de todo. Pero, simplemente, no podía pensar en dejarlo todo y huir a un país que ni siquiera era el mío. Y mucho menos, tener que hacerlo sin mis familiares.

Charlábamos animadamente cuando el correo llegó. Me acerqué cuidadosamente a recogerlo, mientras escuchaba a Abbie relatar las últimas aventuras del vecindario. Mi hermana siempre estaba a la última de cuanto sucedía alrededor.

– ¡Oh Dios mío! ¡Hay una carta de Henry! – exclamé emocionada. – ¡Hay una carta de Henry! – repetí, en caso de que alguien no me hubiera oído. Sin duda, esa era la mejor noticia que podría recibir. Saber que seguía vivo y que tenía el tiempo y los ánimos suficientes como para escribirme, era maravilloso. Saber que seguía pensando en mí era lo único que necesitaba.

– ¡Oh! Tortolitos... – se jactó mi hermana. – Su marido está en el frente. Marchó en septiembre, al comenzar la guerra y no ha sabido nada de él desde entonces. Hasta ahora – explicó mi hermana a Margot.

– ¡Vaya! Eso debe ser duro – comentó Margot apenada. – Al menos son buenas noticias.

Yo continuaba mirando el sobre ensimismada. Me decidí finalmente a abrirlo. Lo hice cuidadosamente, como si de algo frágil se tratara y saqué de él una hoja escrita con la letra de Henry. Podía reconocerla fácilmente. La observé durante unos segundos, antes de animarme a leerla. Creo que estaba tan emocionada que, de pronto, se me olvidó cómo leer. Comencé entonces a ojear lo que decía. Releí la misma frase varias veces sin salir aún de mi asombro. ¡Henry estaba bien! ¡Seguía vivo! ¡Y se había acordado de escribirme!

– ¿Qué dice, Lex? – curioseó Abbie poco después.

Era obvio que no aguantaría mucho tiempo sin saber. – Cuéntanos lo que ha escrito.

Entonces tomé aliento, agarré el papel con fuerza y comencé a narrar.

Querida Lexie.

Amor mío, no sabes lo que es esto. Ni te imaginas lo que te añoro. Pienso en ti a cada minuto y deseo volver a casa cuanto antes, para poder estrecharte entre mis brazos.

Ya he conocido a varios chicos.

Brett es el rebelde, viene de Bristol. A Abbie le encantaría conocerle, es todo un seductor y tiene mucho éxito con las chicas. O eso dice él, porque aquí rodeados de hombres, es imposible comprobarlo. Aunque creo que no sería el novio ideal, es demasiado mujeriego, pero creo que tiene buen corazón.

Theo es de Romford. Fue el primero al que conocí cuando trataba de tirarse en marcha por una de las ventanas del tren. El pobre solo tiene veinte años y tiene pánico a morir. Es bastante inseguro, intuyo que no ocupa un gran lugar en su familia. Tenemos que cuidar bien de él, es un buen chico.

Gus, de Sheffield, es el más mayor de nosotros, tiene veinticinco, y es también el más inteligente. Nos ha estado hablando sobre su mujer, Veronica. Se nota que se quieren mucho. Me ha hecho acordarme aún más de ti. Creo que seríais muy buenas amigas si vivierais en la misma ciudad. Él y Brett discuten a menudo, pero creo que en el fondo se estiman profundamente.

Y, por último, está Paddy. El respetuoso y leal Paddy. Es quien más concilia cuando Brett y Gus se enfrentan. ¿Qué voy a contarte de él que no sepas ya? No deja de hablar de Betty. Sin duda, será quien le mantenga vivo.

Te escribiré cuantas veces pueda, desde donde quiera que esté. El capitán dice que nos vendrá bien escribir a nuestras familias para mantener la esperanza de volver.

Por favor, dale besos a mamá y a papá. Y dile a Callum que espero esté cumpliendo su promesa.

Os quiero.

Pensaré en ti,

Henry

P.S. Escríbeme a la dirección que aparece en el sobre. Esté donde esté, llegará a mí.

Al terminar, me quedé unos segundos mirando aún la carta. Recordé de pronto lo mucho que añoraba a mi marido y lo duro que estaba siendo volver a estar lejos de él nuevamente. Esa vez era incluso peor, pues no sabía dónde estaba, cuándo regresaría, o si lo haría a salvo.

Poco después, Abbie hubo de regresar a casa y Callum la acompañó. Margot y yo nos quedamos esperándole y aprovechamos para tomar un té juntas y charlar para conocernos mejor. Había algo misterioso en la francesa que me intrigaba conocer.

– Debe ser muy difícil tener a tu marido en el frente – comentó Margot tratando de empatizar conmigo.

– Imagino que no más que tener a tu padre o a tu hermano. Cualquiera que sea quien vaya a la guerra, es algo horripilante. Detesto esa sensación de no saber lo que va a pasar, de dejar que alguien que te importa tanto haga algo peligroso y no poder hacer nada para evitarlo. Solo esperar. Llevo toda mi vida esperando.

– Me he fijado que, desde que te conocí, algo en tu interior no está bien. Suena como si carecieras de algo importante. ¿Tú eres feliz, Lexie? – me preguntó ella con sumo interés.

– Supongo – le contesté sin mayor convicción.

– ¿Cómo? ¿No sabes la respuesta? ¿No sabes si eres feliz o no? ¿Cómo no vas a saberlo?

– Bueno, imagino que eso depende de lo que entiendas por dicha palabra. ¿Qué es para ti la felicidad, Margot? ¿Qué es lo que te hace feliz a ti?

Se hizo un largo silencio entre nosotras. Margot me

miró a los ojos con intensidad, como si quisiera encontrar la respuesta en mi interior. Pero ninguna de las dos acabó respondiendo a la pregunta.

Capítulo 13

Querido Henry:

Gracias por escribir. Esperaré ansiosa noticias tuyas. Acudiré a buscarlas todos los días para comprobar que tus palabras llegan a mí.

No sé dónde estoy escribiendo. Ni siquiera si te llegará esta carta, o el momento en que podrá hacerlo. Solo espero que, en algún lugar del mundo, estés bien. No podría soportar la idea de que algo malo te pasara.

Todos te mandan recuerdos y te envían fuerzas para que regreses pronto sano y salvo. Rezo cada día por que llegue rápido aquel en que volvamos a vernos y todo esto termine de una vez.

Pensaré en ti,

Lexie

24 de diciembre de 1939

Durante las semanas anteriores, Margot había acudido a casa en numerosas ocasiones. Pasaba gran tiempo con nosotros y se había acercado mucho a Callum. Admiraba su fortaleza, su valentía, su modo de enfrentarse a las cosas como si nada malo fuera a ocurrir. Me intrigaba el modo en que había comenzado a enamorarse de Callum. Poco a poco, sin miedo a que le hicieran daño, sin pensar que en cualquier momento alguien podría morir. En medio de una guerra, la desconfianza era algo que invadía el ambiente a diario y la incertidumbre precedía cualquier pensamiento.

Llegó la navidad más triste que recuerdo. Sin Alfie, sin Henry y en un ambiente crispado por la guerra. No había demasiado que celebrar, pero nos reunimos de igual manera en casa de mamá.

Nos sentamos a cenar la noche de Nochebuena alrededor de la mesa, en la que mamá había puesto sus mejores intenciones, pero que era tan corriente como siempre. Nada de grandes cantidades, ni de alimentos exclusivos, pero lo importante de la Navidad es compartirla con aquellos a quien quieres. Sin embargo, en esa ocasión, tampoco eso se cumpliría.

Miré a mi alrededor. Art engullía su pollo con patatas, su plato favorito, mientras mamá le contaba algo. Callum charlaba amigablemente con Abbie. Entonces, mi amigo dirigió su mirada hacia mí, me agarró suavemente la mano derecha y yo le sonreí. Era una escena tan bonita y emotiva, que nadie hubiera asegurado jamás que el país estaba sumido en una guerra cruel y devastadora.

Art engullía la comida como si no hubiera probado bocado en semanas.

– ¿Quieres dejar de comer tanto? – le dije, observando cómo se metía los trozos de pollo en la boca.

– ¿Por qué? ¡Está bueno! – se excusó haciendo caso omiso a mis indicaciones.

Mamá me miró, esperando a que explicara la razón de mi extraño comentario.

– Tengo la sensación de que van a ser la últimas navidades en que tengamos tanta comida. Quizás sería mejor guardarla, por si nos hiciera falta – expuse.

2 de enero de 1940

Abbie había venido a comer con nosotros el segundo día del año y decidimos invitar también a Margot. Estábamos aún en la calle, cuando las sirenas sonaron de repente, formando un gran revuelo. Las sirenas sonaban cuando había una amenaza y todo el mundo tenía que correr a esconderse en algún refugio cercano para mantenerse a salvo. Unos militares nos dirigieron hacia el refugio más próximo en los bajos de un edificio a dos manzanas de casa. Algunos de ellos se escondieron con nosotros.

Callum nos abrazaba a Margot y a mí. Asustadas, permanecimos sentadas en una esquina, apoyadas contra la pared. Esperábamos a que el peligro pasase y pudiésemos salir nuevamente a la calle.

– ¿Dónde está Abbie? – pregunté con gesto de preocupación.

Callum miró a nuestro alrededor y señaló donde estaba mi hermana.

– Está allí, junto a la esquina, charlando con ese soldado – indicó.

Sí, podía verla. Allí estaba. Pero no estaba charlando, estaba coqueteando con ese soldado. Conocía bien a mi hermana y sabía que estaba flirteando con él. Hablaban animadamente, como si nada malo estuviese sucediendo ahí fuera. Y ambos reían. No sé bien por qué, esa imagen me hizo esbozar una sonrisa. Miré a Margot y Callum, abrazados a mi lado y miré de nuevo a mi hermana. Me llenó de esperanza ver cómo en el marco de una guerra, el amor seguía estando tan presente.

Un buen rato después, dieron vía libre para salir a la calle. No teníamos idea de lo que nos íbamos a encontrar allí afuera. Nuestro alrededor parecía no haber salido muy perjudicado. Sin embargo, camino a casa de mamá había vigas en medio del camino y escombros en gran parte de los alrededores. Decidimos entonces que Abbie se quedaría en casa aquella noche. Mamá sabía que estaba con nosotros y ya se estaba haciendo demasiado tarde. Le acompañaríamos a casa la mañana siguiente, resultaría menos peligroso.

Callum se ofreció a dormir en el sofá, puesto que ocupaba la habitación de invitados. Insistió, pero no había necesidad. Abbie podría dormir conmigo.

– ¿No tienes miedo, Lexie? – me preguntó mi hermana en la cama.

– Claro que tengo miedo, Abbie, pero no puedo dejar que el miedo me paralice.

– ¿Y por Henry? ¿No te da miedo no volver a verle? – indagaba.

La sola idea de que algo así pudiera ocurrir realmente hizo que un escalofrío recorriera todo mi cuerpo y me provocara náuseas.

– ¿Qué hacías con ese soldado en el refugio? – cambié radicalmente de tema, intentando borrar dicho pensamiento de mi cabeza.

– ¿Con Jim?

– ¡Ah! ¿El soldado tiene nombre? – me burlé. – Jim... ¡Parece que le conocieras de toda la vida!

– ¡Claro que tiene nombre, boba! Se llama Jim Pattison, es de Cambridge y tiene veinte años. Dice que ha tenido suerte de que le dejaran quedarse aquí. ¡Ah! Y no le conozco aún, pero puede que lo haga muy pronto – me informó en primicia con una sonrisa pícara. – Me ha invitado a cenar.

– ¿De veras? – comprobé entusiasmada. – ¡Eso es

estupendo!

– Tienes que ayudarme, Lex. Tenemos una cita mañana por la noche – me contó impetuosa. – ¿Qué puedo ponerme? – gesticulaba entusiasmada.

– Tranquila, Abbie. Ya es muy tarde, tengo que irme a dormir. Mañana por la mañana miraremos en mi armario y te prestaré algo – la tranquilicé, dándole un beso en la mejilla.

– ¡Oh, Lexie! Eres una aburrida... – se quejó antes de que yo saliera de la habitación. – ¡Descansa, hermanita! – alcancé a oír mientras cerraba la puerta. Sonreí.

Ofrecí a Callum un par de mantas y cogí un vaso de agua para mí.

– ¿Cómo está Margot? – investigué acercándome al sofá junto a él.

– Bien. Su madre está muerta de miedo. Dice que quiere irse a otro sitio, pero no pueden volver a Francia y tampoco sé cómo van a salir de aquí.

– Espero que no se vaya – confesé tomando asiento junto a Callum, que yacía tumbado en el sofá.

– Yo también lo espero.

– ¿Estás enamorado de ella? – pregunté con total confianza.

– Creo que sí – respondió con timidez. Esbozó una pequeña sonrisa que hizo desaparecer ese halo misterioso y duro que solía envolverle. – Cuando vine aquí, jamás pensé conocer a nadie y mucho menos sentir algo así. Ella tiene todo lo que a mí me falta.

Agaché la cabeza sin apenas darme cuenta. La

imagen de Henry apareció en mi cabeza y recordé cómo era. Henry también me ofrecía cosas de las que yo carecía. Me hacía muy feliz ver a Callum y a Margot iniciando una historia de amor, me hacía recordar mis primeros momentos con Henry. Pero tenerlos tan cerca a diario, hacía que añorase aún más a mi marido. Donde quiera que estuviese, sabía que él también estaría pensando en mí.

– ¿Y tú? – me preguntó Callum al verme. – Echas de menos a Henry, ¿verdad?

– Mucho – asumí con resinación volviendo a mirarle a los ojos. – Echo de menos sus ojos, sus manos, su sonrisa... Añoro tenerle a mí lado. Añoro tener una vida normal.

– Si todo esto acabara, si esta guerra terminase mañana, ¿qué sería lo primero que harías, Lexie? Con Henry, conmigo, con quien fuera. ¿Qué sería lo primero que harías?

– Iría a bailar – contesté muy segura. – Me encantaba salir a bailar con Henry y con Abbie. Me hacía sentir bien, relajada. Todo se me olvida cuando bailo y me gustaba mucho ir a bailar con Henry después de trabajar. Solía recogerme e íbamos juntos a bailar durante horas.

– ¿Te gustaba? ¿En pasado?

– No, imagino que sigue gustándome. Pero simplemente, ya no puedo ir a bailar.

– ¿Por qué no bailar aquí, en casa? – sugirió Callum.

– Estaba ahorrando para regalarle a Henry un

tocadiscos cuando regresara de la Universidad... – comencé a relatar.

– Y, ¿qué ha pasado con esos ahorros? – inquirió él.

– Creo que he encontrado algo mejor en que gastarlos – sonreí.

Y sin más dilación, le di a Callum un beso de buenas noches y me fui a dormir a mi cuarto, dejando el halo de misterio que normalmente derrochaba él.

A la mañana siguiente, Abbie llamó a mi puerta rebosante de entusiasmo. Le mostré un par de vestidos que podrían resultar de su agrado y Abbie, con muchas dudas, eligió uno de ellos.

– Vas a hacerme una trenza, ¿verdad? – afirmó mi hermana emocionada. – Quiero que Jim se lleve una buena impresión.

– Claro, Abbie. ¿Quieres que te maquille también? – le propuse.

– ¡Oh, Lexie! – exclamó saltando sobre mí. – Eres tan adorable cuando te lo propones... – ironizó dándome un sonoro beso y un cariñoso abrazo.

Esa noche, de nuevo en mi casa, ayudé a Abbie a prepararse para su cita con Jim. Callum y Margot descansaban recostados en el sofá.

Observé a mi hermana contemplándose frente al espejo. Vestida y maquillada para su cena con el soldado. No me había dado cuenta hasta ahora de lo que había crecido. Había pasado el tiempo demasiado rápido.

Abbie estaba entusiasmada con su cita.

– ¿Estoy guapa, Lexie? – comprobaba posando

frente al espejo de mi cuarto.

– Estás preciosa – confirmé. Miraba su reflejo en el espejo y veía una risueña mujer. No sabía en qué momento aquella mocosa impertinente y vivaracha, se había transformado en toda una bella mujer. No podía creer que el tiempo pasara tan deprisa y estuviéramos, de pronto, en ese punto. – Pero creo que aún te falta algo – le comenté volviendo en mí.

Mi hermana me miró confundida. Me agaché y metí las manos bajo la cama para sacar de ella una caja de cartón. Me volví a poner en pie, a la altura de Abbie, y le miré a los ojos orgullosa.

– Vas a parecer una princesa – le aseguré entregándole el regalo.

Abbie sujetó la caja entre sus manos intrigada y la abrió inmediatamente.

– ¿Qué es esto, Lexie? – formuló, justo antes de observar el contenido estupefacta. – ¡Dios mío, Lex! – exclamó boquiabierta, sin averiguar qué palabras decir. – Son... ¿Son para mí? – corroboró.

– ¡Claro que son para ti!

– ¡Ay! ¡Madre mía! ¡Son preciosos! ¡Son los zapatos de Dorothy, Lex! ¡Son los zapatos de Dorothy! – exclamaba sobrexcitada. – ¡Muchísimas gracias! – dijo tirándose a mis brazos. – Pero, ¿por qué? ¿Por qué lo has hecho? Dijiste que eran muy caros...

– Te dije que no tenías regalo de cumpleaños porque no podía pagarlo – le recordé también.

– Y, ¿ahora?

– Ahora sí lo tenía – afirmé con una gran sonrisa. Era inevitable no sonreír viendo lo feliz que estaba mi hermana. – ¡Venga, vamos fuera! ¡Deprisa o llegarás tarde a tu cita! – le apresuré.

Acercamos a Abbie al lugar donde había quedado con Jim. Nos quedamos a ver cómo era, apenas nos fijamos en su momento con el miedo en el cuerpo por la alarma, y regresamos de nuevo a casa.

– Oye, le he dicho a mamá que me quedaría a dormir aquí de nuevo – me comentó Abbie antes de salir del coche. – Si le digo que he quedado con un chico va a matarme o a acribillarme a preguntas.

– ¡Abbie! No deberías mentirle a mamá...

– Bueno, no es mentira. Vendré aquí cuando acabe – rio pícaramente y salió del coche. Giró hacia mí, sonrió, cogió aire y se dirigió con paso firme hacia el restaurante.

Callum y yo recogimos a Abbie de madrugada.

– Lexie, este es Jim – nos presentó llena de orgullo. – Jim, mi hermana Lexie y su amigo Callum.

Le observé detenidamente, no había podido hacerlo antes. Era un joven serio, aunque al lado de Abbie cualquiera lo parecía. Su pelo castaño oscuro y sus ojos azules dulcificaban unas duras facciones. Vestía de modo elegante pero, ¿cómo iba a acudir si no a una cita con una chica que le gustaba? No me había percatado el día anterior, pero era más alto que Abbie, le sacaba una cabeza. Y juntos, lo cierto es que hacían buena pareja.

– Encantado – nos saludó estrechando la mano de Callum y besando la mía.

– Lo mismo digo – respondimos nosotros. – ¿No es un poco arriesgado salir de casa de madrugada cuando todo está oscuro y desértico? Deberías saberlo si eres militar – comenté suspicazmente. Abbie rio.

– Mi hermana... – comentó. Creo que no sabía dónde meterse.

– Bueno, ¿lo habéis pasado bien? – se interesó Callum, tratando de guiar la conversación hacia otro lado.

– Estupendamente – respondió Abbie mirando a Jim.

Me contó con todo detalle cómo había ido la cita cuando llegamos a casa. Me negué a que Callum durmiera de nuevo en el sofá, así que invité a Abbie a mi cama. Estaba tan alterada que no paraba de hablar y tampoco era algo que soliera costarle mucho normalmente.

– ...Y se ha criado siempre en Cambridge con sus padres, su hermano mayor, Ken, y su hermana pequeña, Mary Anne. Él también es el segundo, Lexie. ¿No te parece increíble? Empezó la Universidad – prosiguió – pero ha tenido que dejarla al alistarse en el ejército. Tiene algo especial, Lexie. Me gusta mucho.

– Es guapo – comenté.

– Sí. ¡Es guapísimo! Pero tiene algo más que me encanta. ¡Ay, no sé! ¡Quiero casarme con él! – confesó emocionada.

– Acabas de conocerle, Abbie – le recordé resignada, con ganas de dormir.

Trataba de ejercer de hermana mayor, pero entendía perfectamente a lo que Abbie se refería. En esos momentos, no podíamos perder el tiempo, debíamos apresurarnos para hacer cualquier cosa. Nadie podía irse a la cama y esperar estar vivo el día siguiente. No podías despedirte de alguien diciendo «hasta la próxima» y saber que iba a ver próxima vez. Si abandonabas tu casa, no podías estar seguro siquiera de que continuara estando ahí a tu regreso. Así que todo lo que quisiéramos hacer debía ser con premura, sin perder el tiempo. Porque podría ser que no dispusiéramos de él.

Capítulo 14

9 de abril de 1940

Cumpliría veinte años la mañana siguiente y estaba realmente triste. Era el primer cumpleaños que pasaría sin Henry desde que nos conocimos y no tenerle a mi lado lo hacía todo demasiado corriente. No tenía ganas de cumplir años de aquella manera. Sin mi marido, sin mi familia y envueltos en una guerra de la que desconocíamos cuándo íbamos a salir. No era el ambiente que hubiera deseado para celebrar mi vigésimo cumpleaños.

– ¡Feliz cumpleaños, preciosa! – me despertó Callum por la mañana con una amplia sonrisa. Me besó en la mejilla y me entregó una magdalena.

– Gracias, Callum – agradecí con resignación.

– Oye, tienes que animarte, Lexie – me aconsejó mi amigo. – Hoy es un día especial. Levanta y vamos a disfrutar de él.

Margot pudo acercarse un rato a casa más tarde y

también me felicitó por mi día. No podría ir a ver a mi familia, pues había saltado la alarma de que algunos alemanes se habían adentrado en el norte y podría haber algún ataque en los días siguientes. Por ese motivo, no era conveniente recorrer largas distancias, ni coger el coche en unos días. Debíamos tener mucho cuidado. Ese factor adicional hacía que mi cumpleaños fuera aún más triste.

Callum y Margot descansaban en su habitación. Me acerqué a mi cuarto para coger la novela que estaba leyendo, *La metamorfosis* de Frank Kafka. Cuando atravesé el pasillo, escuché un ruido proveniente de la habitación de Callum y Margot. Me acerqué a comprobar qué ocurría.

La puerta estaba entreabierta. Vi cómo Callum abrazaba a Margot y ésta le besaba ardientemente. Podía ver sus lenguas envolviéndose la una con la otra. Callum, cuya fuerza era evidente, empujó a Margot hasta la ventana, acompañándola con su propio cuerpo. La colocó de espaldas a él y comenzó a besarle el hombro y el cuello, acelerando poco a poco la velocidad. Margot se retorcía.

Las manos de Callum jugueteaban con el trasero de la francesa. Decidió entonces introducir su mano bajo el camisón que llevaba y dejó al descubierto sus muslos. Pude ver también parte de sus nalgas. Margot dio media vuelta, excitada y agarró la cara de su marido para besarle fogosamente. Se besaron en los labios, se besaron en la piel y por todo el rostro. Me avergonzaba estar presenciando aquella escena tan íntima, pero algo me impedía irme de allí. Comenzaba a sentir un ardor intenso entre mis piernas. Cerré los ojos durante unos segundos, pero se abrieron enseguida. Querían ver más.

Podía observar, incluso desde aquella distancia, el bulto que Callum escondía bajo el pantalón. Era muy diferente al que solía aparentar habitualmente. Callum cogió a Margot en volandas y la sentó en el borde de la cama. Entonces, bajó sus pantalones hasta el suelo y pude verle completamente desnudo. Mientras Callum me daba la espalda, ella estaba frente a la puerta, por lo que di rápidamente un paso atrás, por si podían verme. Volví a asomarme de nuevo, poco a poco, comprobando que continuaban ajenos a mi presencia. No podía ver lo que hacían, pero podía imaginarlo. Ella estaba sentada en el borde de la cama, a la altura de su cadera. Él, frente a ella, se mantenía de pie, aunque se movía como si fuera a desvanecerse. Tras un rato, Callum se agachó, agarró a Margot de las piernas y la colocó bruscamente sobre la cama. Movía a Margot con una facilidad pasmosa. Él se colocó encima y la penetró sin pensarlo. Se movían muy deprisa y gemían acelerada y frenéticamente, como si no les importase que les escucharan.

Tomé aliento y me retiré del pasillo. Regresé a mi habitación para coger la novela y me senté un rato a leer, aunque resultó difícil concentrarme en el contenido. Después me encargaría de tener listo el almuerzo.

Afligida, preparaba la comida como cualquier otro día, mientras escuché a Callum y Margot cuchichear en el sofá tras de mí. Se acercaron hacia mí juntos. Pude oír sus pasos a mi espalda. Noté unos brazos rodear fuertemente mi cintura y la dulce voz de Margot me indicó al oído:

– Tenemos algo para usted, señorita cumpleañera.

Giré y pude ver su pulcra sonrisa. Callum se acercó a nosotras con una enorme caja y me la entregó sonriente.

– Ábrelo – me pidió.

Abrí el paquete agradecida, aunque no demasiado entusiasmada, inmediatamente. Pude descubrir en ella un precioso tocadiscos.

– ¿Os habéis vuelto locos? – exclamé sin dar crédito.

– Dijiste que estabas ahorrando para regalárselo a Henry y ya sé que destinaste tus ahorros a algo mejor – sonrió Callum con complicidad. – También me contaste que te gustaba mucho bailar, pero las circunstancias que nos envuelven no te permiten hacer los planes que solías hacer con él. No puedes permitir que esta dichosa guerra te obligue a dejar de hacer las cosas que te hacen feliz.

– El señor Fisher, el amigo de mi padre que nos aloja en su casa, no lo utilizaba – explica Margot junto a él. – Le pedí permiso y accedió encantado. Estoy segura de que tú vas a disfrutarlo mucho más que él. Puede que esto no traiga a tu marido de vuelta, Lexie, pero sin duda hará que le sientas mucho más cerca – opinó ella.

– ¡Gracias, chicos! – les dije abrazándoles. – ¡Me gusta muchísimo! – exclamé tratando de mostrar cierto entusiasmo. – Pero no teníais que regalarme nada. Simplemente poder pasar este día junto a vosotros, ya es suficiente fortuna para mí.

Desde que Henry marchase a la guerra, Callum y Margot se habían convertido en un apoyo fundamental en esos momentos tan difíciles. Si bien no podía ver muy a menudo a mi hermana últimamente, quien constituía un pilar fundamental en mi vida, estar cerca de Callum y Margot me hacía sentir segura y capaz de todo. A su lado era fácil imaginar que cualquier cosa era posible. Realmente, podía sentir que el fin de la guerra estaba cerca.

3 de agosto de 1940

Pasado el verano, Callum me acompañó a visitar a mi familia. Margot no nos acompañó esa vez, pues tuvo que quedarse en el hogar familiar. Su madre prefería que no saliera tanto de casa por si nos atacaban mientras estábamos lejos de ella. Después de lo ocurrido, no era extraño que estuviera temerosa.

Tras la derrota de los aliados en la Batalla de Francia, éstos firmaron un armisticio el pasado 22 de junio. Bajo sus condiciones, el norte y oeste de Francia fueron ocupadas por el ejército alemán y quedaron a su merced. El hermano mayor de Margot, Raphäel, su esposa y su bebé, residían en París. Por contra, el tercio restante del país, donde entraba Lyon, la ciudad donde vivían su hermano Pierre y su padre, quedaba bajo un gobierno francés con sede en Vichy. Debido a este pacto, Raphäel lucharía en adelante bajo órdenes alemanas, mientras su padre y hermano lo harían en el bando aliado.

A mediodía, acudí nuevamente a mi antigua casa tras unas semanas sin ver a mamá. Y para mi sorpresa, vi a Alfie jugando en el jardín como solía hacerlo meses atrás. Miré extrañada a Callum y me acerqué a aquel niño, como si quisiera comprobar que realmente era mi hermano. Sabía que lo era.

– ¿Alfie? – pregunté desconcertada. – ¡Alfie! – le abracé. – ¡Oh, Dios mío! ¿Qué estás haciendo aquí, tesoro?

– He vuelto – respondió él con normalidad.

– No, no, no, no, no – renegué dirigiéndome a mamá, que descansaba en una butaca. – Madre, ¿cuándo ha regresado? ¿Qué está haciendo aquí? – le pregunté sin apenas darle opción a respuesta.

– ¡Cálmate, hija! ¿Son esos los modales que yo te enseñé?

– Disculpe, no son maneras de entrar – admití dándole un beso en la mejilla. – ¿Qué hace aquí Alfie, madre? – volví a preguntar de nuevo.

– Pedí su regreso – respondió ella con pasmosa

normalidad. – Lleva aquí varios días ya.

– Pero, madre, ¿es que se ha vuelto loca? ¡Tiene que volver a irse! ¡Vuelva a pedir su traslado! ¡Alfie no puede quedarse aquí! – exclamé con el corazón saliéndose de mi pecho. – ¡Por favor, vuelva a enviarle lejos de Liverpool!

Es cierto que decidimos intentar normalizar la situación lo máximo posible. Intentábamos tomar precauciones sin dejar que la guerra nos volviera locos, pero tener a Alfie allí era muy diferente a todo eso. No tenía nada que ver con normalizar las cosas. Alfie era solo un niño y corría serio peligro en una ciudad que podría ser bombardeada en cualquier instante. Nosotros debíamos tomar precauciones y tratábamos de cuidar los unos de los otros para que nada nos ocurriese, pero Alfie no podía cuidarse solo. Y desde luego, mamá tampoco podía.

– Alexa, no va a haber más bombas. Solo quieren meternos miedo, pero no va a suceder nada. ¿Es que no lo ves?

¡Claro que va a suceder! – elevé el tono como nunca lo había hecho frente a mamá. – ¡Cuando menos lo esperemos! ¡Y Alfie no puede estar aquí cuando eso ocurra! ¿Lo entiende?

– Llevamos meses así, hija, y hace semanas que no sucede nada. Si esos alemanes realmente hubieran querido matarnos, lo hubieran hecho ya. No quiero que Alfie esté solo con una familia que no es la suya lejos de nosotros.

– ¿Y quiere que Alfie muera? ¡Es solo un niño,

mamá! ¡No puede ser partícipe de toda esta pesadilla! ¡No puede ver todo lo que está por venir! ¡Por Dios, tiene solo siete años! A mí también se me parte el alma al imaginarle lejos, pero hay algo que jamás podría soportar y debemos evitar que esa situación se produzca. Es lo mejor para él, madre. Tiene que irse – afirmé categóricamente.

Mamá guardó silencio durante unos interminables segundos, sin apartar su mirada de la mía. Pude ver su temor instalado en su mirada, el mismo que sentíamos todos, pero no podíamos dejar que ese miedo nos dominase. No podíamos permitir que dirigiera nuestras vidas, ni nuestras acciones, porque eso era exactamente lo que ellos querían y entonces, estaríamos perdidos realmente.

– De acuerdo – aceptó finalmente. – Tienes razón. Volveré a pedir su traslado tan pronto como sea posible.

– Gracias, madre.

Mamá volvió a pedir la evacuación de Alfie, pero otro niño había sido trasladado con su familia de acogida, por lo que no tenía opción de volver con ellos. Le reubicarían en otro lugar, probablemente lejos de Liverpool, pero debería ser cuando evacuasen primero a los niños que aún no habían sido trasladados ninguna vez. Y la lista era demasiado larga.

Si las esperanzas de alejar a Alfie de la guerra eran escasas, éstas se perdieron a mediados del mes de Septiembre. El día 17, un buque que transportaba niños, el *SS City of Benares*, se hundió con 406 pasajeros a bordo en medio del Atlántico. El ejército alemán lanzó una ofensiva contra el navío y 248 de los 406 pasajeros y tripulantes a bordo perdieron la vida. Entonces, saltó la alarma y el plan oficial de evacuación fue inmediatamente cancelado, por lo que Alfie ya no podría volver a irse.

Capítulo 15

2 de enero de 1941

Un nuevo año acababa de comenzar y con él, también nacían nuevas esperanzas de que la guerra que nos rodeaba cesase finalmente muy pronto y nos trajera a nuestros seres queridos de vuelta a salvo.

Henry yacía tranquilo en su cama, mirando una fotografía de su mujer y pensando en cómo estaría ella. Se imaginó dónde estaría, probablemente en casa con sus hermanos y Callum, aguardando un regreso que no sabrían cuándo se llevaría a cabo. Pensó en cómo estaría llevando esta guerra que se negaba a imaginar desde el comienzo o cuánto ansiaría noticias suyas. Seguramente tanto como él añoraba saber detalles de ella.

– ¿Qué haces, Aldridge? – le preguntó Brett, arrebatándole la fotografía y tirándose en la litera de al lado.

– ¿Es tu mujer? – preguntó Theo, asomándose y

sentándose a los pies de la cama de Brett.

– Sí – respondió Henry recuperando su fotografía y volviendo a tomar posición en su cama, sentado esta vez. – Se llama Alexa, aunque siempre la llamamos Lexie. Es cierto que es preciosa por fuera, pero lo es mucho más por dentro, aunque en ocasiones le cueste mostrarlo. Tiene una sensibilidad especial para ayudar a los más necesitados y un corazón más grande que este maldito campamento. Ninguna guerra podrá cambiarla.

– Ciertamente es muy guapa – comentó Theo.

– Lo es – admitió Brett suavizando el tono al ver que Henry se mostraba nostálgico. – La añoras, ¿verdad?

– Profundamente. No dejo de pensar en ella, en cómo lo estará pasando, cómo habrá cambiado en este tiempo... No puedo sacarla de mi cabeza en ningún momento. Haga lo que haga, ella siempre está en mis pensamientos.

– Seguro que estará bien, Henry – aseguró Gus, que acababa de unirse a la conversación. – Las mujeres son mucho más fuertes que nosotros. Aunque parezcan vulnerables, son capaces de cualquier cosa por salir adelante. Sobrevivirá, estoy seguro – aceptó.

– Seguro que sí. ¿Qué hay de la tuya? ¿Has recibido noticias de ella? – se interesó Henry por su amigo.

– Recibí una carta el mes pasado. Pretendía enviar al niño con sus padres, viven en un pueblo cerca de Glasgow. Veronica piensa que estará a salvo allí. Sé que ella moriría si algo malo le pasara al pequeño.

– ¿Y ella? ¿No podría instalarse también con ellos? – indagó Brett con curiosidad.

– Veronica tiene que cuidar de su hermana pequeña. Está postrada en una silla de ruedas desde que era una niña. Contrajo poliomielitis con nueve años y, desde entonces, Veronica siente que no puede dejarla sola. Ha estado a su lado desde que la conozco. Es por eso que Rebecca vive con nosotros.

– Bueno, al menos el niño estará a salvo hasta tu regreso – le animó Henry.

– ¿Es la chica de la fotografía que hay junto a tus bultos? – se cercioró Theo. – La vi el otro día bajo el cofre – se excusó. – Quizás se te había caído.

– Sí, esa es.

– ¡Menuda morenaza! – exclamó Brett en su línea. Y rio.

– ¡Chicos! ¡Chicos! – irrumpió Paddy emocionado, deshaciendo el corrillo que se había formado alrededor de las camas. – ¡He recibido una carta! ¡La envían desde casa! ¡Pone Liverpool en el remitente! ¿Sabéis qué? ¡Betty está esperando un bebé! – exclamaba excitado sosteniendo un papel entre las manos. – Chicos, ¿sabéis lo que eso significa? ¡Voy a ser padre! – explicó, por si sus amigos no lo habían entendido. – ¡Voy a ser padre! – volvió a repetir entusiasmado.

– ¡Eso es fantástico! – respondió Henry contento, poniéndose en pie y dándole una palmada en la espalda a su amigo.

– ¡Me alegro, compañero! – comentó Theo por su parte.

– ¡Enhorabuena, tío! – añadió Brett apretando la mano de Paddy.

– ¡Vas a ser un padre fantástico, Paddy! – agregó por último Gus. – Vas a ver lo que es esto. ¡Te va a cambiar la vida!

– Si es niño, quiero que se llame Maurice, como mi abuelo – explicaba Paddy ensimismado con la carta que retorcía entre las manos. – Siempre me ha gustado ese nombre.

– ¿Maurice Jenner? ¡Suena bien! – le apoyaba Henry.

– ¡Suena fabuloso! ¡Esto hay que celebrarlo! ¿Por qué no vamos a tomar unas cervezas esta noche a la cantina? – propuso Brett animado.

– ¡Sería estupendo! – le acompañó Gus.

Los chicos se acercaron a la cantina esa noche y continuaron hablando de mujeres.

– ¿Y a ti, Theo? ¿Cómo te van las mujeres? ¿Las prefieres pelirrojas como Paddy o mejor morenas como Gus? ¿O las prefieres castañas como Henry? No, no, no. ¡Las rubias! ¡Seguro que prefieres las rubias, eh! – reía divertido Brett.

Mientras, Theo callaba como de costumbre, agachando la cabeza tímidamente. Gus miró a su amigo y añadió:

– Porque... te van las tías, ¿verdad?

Theo seguía sin responder. El silencio se hizo durante unos segundos que parecieron interminables. El chico podía sentir las miradas de sus compañeros clavadas sobre él, pero no podía verlas, pues aún mantenía la cabeza agachada, con la vista directa al suelo.

– ¿Qué más da cómo le gusten? – intentó defenderle Paddy. – El prototipo que tengas da igual. Cuando llega la adecuada, te sientes atraído por cada una de sus características. Por su personalidad, su forma de hablar, de moverse, el modo en que se toca el pelo... Todo lo demás de igual. Te parece perfecta tal y como es.

– Espera, espera... – indicó Brett percatándose de lo que le ocurría a su amigo en realidad. – Claro que le gustan las tías, yo mismo he visto cómo mira las revistas que guardo. Pero nunca has estado con ninguna, ¿no es cierto? Es eso lo que ocurre, ¿verdad? No has intimado nunca con una mujer. ¿Me equivoco? – inquirió Brett como si hubiera descubierto que la tierra era redonda.

– ¿Qué importa eso? – protestó Gus. – Tiene veinte años, no es que tenga sesenta. Aún tiene toda la vida por delante para hacer lo que le plazca – defendió a su amigo.

– Bueno, pero...

– ¡Venga, chicos! – les interrumpió Paddy alzando la cerveza. – ¡Vamos a brindar por que esto acabe pronto! Y... ¡y porque veamos pronto a nuestras familias! ¡Venga!

Todos los demás le siguieron la corriente y olvidaron el tema de Theo. Paddy, sin duda, trataba de calmar los ánimos. Siempre lo hacía. Era el conciliador del grupo, el que mediaba en los conflictos y quien siempre mantenía a los cinco unidos. Las riñas entre Gus y Brett eran constantes. A pesar de haber formado un grupo bastante compacto, sus caracteres diferentes les hacían chocar continuamente, aunque no fuera su intención y no guardaran ningún rencor tras la pelea. Pero, Paddy siempre estaba ahí para poner la palabra justa sobre la mesa, la frase que lograba apaciguar los ánimos y que las aguas volvieran de nuevo a su cauce. Así era Paddy.

Poco después, con las aguas ya tranquilas, los chicos regresaron nuevamente a sus aposentos y Henry se colocó boca abajo en su cama. Decidió escribir a Lexie una vez más, para mantenerla informada acerca de cómo se iba desarrollando todo. Además, sería San Valentín muy pronto y, aunque no sabía cuándo le llegarían a Lexie sus palabras, decidió que sería un bonito detalle escribirle y añadir una fotografía en el sobre. Había guardado aquella imagen con él durante todo ese tiempo y lo acompañaría de un emotivo mensaje. A Lexie le encantaría el detalle.

Mi amada Lexie,

Cada día pienso en ti y eso me da ánimos para seguir luchando. Tu recuerdo se mantiene intacto en mi mente en todo momento y me da alas para creer que esto acabará algún día y podré abrazarte de nuevo, que podré volver a sentir tu olor.

Si no fuera por tu recuerdo y por los chicos, no tendría ganas de nada. Las cosas aquí se están poniendo muy feas, ¿sabes?

No puedo decirte dónde nos encontramos exactamente por si los alemanes interceptan el correo, pero aquí la guerra es una cruel pesadilla. Caen bombas casi a diario y he visto varios cadáveres yaciendo en las calles. Esto es real, Lexie. Estamos en una jodida guerra mundial. La gente cae como fichas de dominó, como si su vida no valiese absolutamente nada.

El otro día salí a pasear con los chicos, caminamos por la calle durante unos minutos. A cada paso había cadáveres y más cadáveres. Chicos jóvenes, adultos, de ojos verdes o marrones, daba igual. Todos ellos tienen una historia detrás y en algún lugar del mundo, también hay una familia que vive preocupada por ellos, sin saber que no volverán a verles jamás.

Lo único bueno que he sabido esta semana es que Paddy va a tener un bebé. Betty está embarazada. ¿No te parece increíble?

Espero poder darte mejores noticias la próxima vez.

Pensaré en ti,

Henry.

Henry acompañó la carta con una entrañable fotografía. En ella, aparecían ambos el día de su boda. El día en que prometieron estar juntos siempre, sin saber que ese «para siempre» debería esperar aún. Reían abrazados y rodeados de sus seres queridos. ¡Ese sí fue un día perfecto! Se podía percibir la felicidad en la instantánea por el modo en que los dos sonreían y se miraban el uno al otro. ¡Cuánto podía cambiar la vida en apenas unos meses! ¡Cómo podían torcerse las cosas, hasta el punto de estallar una guerra!

Giró la instantánea y concluyó:

Nada me hace más feliz que pasar tiempo contigo.

¡Feliz día de San Valentín!

Para siempre, Henry – escribió detrás. Y cerró el sobre con ella.

Guardó la carta bajo su almohada para poder enviarla al día siguiente, se recostó sobre ella y se metió bajo las sábanas. Entonces, la imagen de su mujer cruzó su mente unos segundos y numerosos recuerdos se agolparon junto a ella. Recordó su pelo castaño, sus almendrados ojos avellana y su tímida pero segura sonrisa. Recordó el modo en que se acariciaba el cabello cuando algo le daba vergüenza. La forma en que le llevaba la contraria continuamente e intentaba tener la razón la mayoría del tiempo, cruzó también su memoria. Y sus caricias, todas las que le daba cada vez que se reencontraban tras su vuelta de la universidad o todas las ocasiones en que Lexie le recordaba cuánto le quería. Y con ese bonito recuerdo, se quedó dormido.

Capítulo 16

15 de febrero de 1941

Inmersos en otro invierno más, nada hacía presagiar que el fin de la guerra estuviese cerca. Si bien manteníamos las esperanzas de que ocurriese algún día, éstas se disolvían en cuanto encendíamos la radio y nos percatábamos de la situación real, no solo del país, sino del mundo entero. La Segunda Guerra Mundial no sería solo cosa de unos meses, eso cada vez estaba más claro.

Los bombardeos habían empezado a ser recurrentes. Nadie podía andar seguro por la calle sin que a cada paso se escuchase un disparo o algo saltase por los aires delante de sus ojos. Callum y yo nos habíamos refugiado en casa de mamá para poder estar todos juntos. No creo que a Margot le hubiese hecho especial ilusión la idea, pero no podíamos permanecer separados en un momento así. Seguro que ella lo entendería, pues también permanecía junto a los suyos.

Era mejor así.

Desde casa podían oírse ruidos de tanques y gente corriendo por las calles. Eché un vistazo por la ventana de la cocina y observé a una anciana que salió de casa, se arrodilló delante de su puerta y con las palmas de las manos abiertas hacia arriba gritó: «¡Mátennos! ¡Mátennos si quieren! ¡Pero jamás podrán arrebatarnos lo que es nuestro!». Un par de militares se acercaron a ella inmediatamente y trataron de levantarla del suelo, donde sollozaba. Cerré de golpe la cortina al escuchar unos pasos entrar en la cocina, donde me hallaba.

– Lexie – me llamó Callum con su grave voz.

– ¡Me has asustado! – me quejé, llevándome la mano al pecho. – Pensaba que era Alfie.

– No, tranquila. Tu hermano está jugando con Art en su cuarto. ¿Y tú qué estás haciendo? – se interesó mirando la sartén en la que cocinaba.

– Estoy haciendo algo de cena.

– Pensé que estabas con tu madre – confesó.

– Lo estaba. Ha subido a su habitación, se encontraba un poco indispuesta. Creo que es el miedo, Callum. Mi madre está aterrada ante la posibilidad de que algo nos ocurra y mantenerse alerta permanentemente le hace estar intranquila. Y que no tengamos apenas qué llevarnos a la boca, tampoco creo que ayude.

– Lo sé, es difícil enfrentarse a una situación así, pero debemos ser fuertes, Lexie. No podemos rendirnos aún – trataba de animarme él, cogiéndome de las manos y mirándome a los ojos frente a mí.

– Me preocupa qué vamos a hacer, Callum. En unas semanas nos quedaremos sin víveres y con lo que consigamos con las cartillas de racionamiento, no bastará. No sé cómo vamos a salir de esta. Puede que no nos maten con un arma, pero moriremos poco a poco de hambre. No sé qué es peor... – comenté resignada.

– No te preocupes, saldremos adelante. Puedo acercarme a casa a por lo que nos queda y traerlo para tenerlo aquí. Volveré enseguida.

– ¡No, ni hablar! Eso es imposible, Callum. Es demasiado peligroso. Será mejor que hagamos cuanto podamos con lo que hay por aquí.

– No tardaré, lo prometo – insistió él.

– ¡De eso nada, Callum! ¡No puedes salir ahí fuera e ir andando hasta casa! ¡Te llevaría horas! No podemos arriesgarnos. Tendremos que arreglárnoslas con lo que hay en casa de mamá.

– De acuerdo – aceptó finalmente. – Bueno, ¿quieres que te ayude en algo?

– No es necesario. Ya casi estoy terminando. Siéntate a mi lado si quieres.

– Lexie... – interrumpió mi hermano pequeño, irrumpiendo por sorpresa en la cocina. – Me he caído jugando con Art arriba – se quejó con alguna lágrima derramada sobre su carita. – ¿Me ayudas?

– ¡Oh, Alfie! Ven aquí.

– Iré a ver si tu madre necesita algo – indicó Callum dejándonos solos y desapareciendo escaleras arriba. – Vuelvo enseguida.

Senté a Alfie en una de las sillas de la cocina y me arrodillé para estar a su altura. – ¿Te duele mucho? – pregunté mirando su enrojecida rodilla.

– Solo un poco – certificó poniendo pucheros.

– Bien, voy a curártela con algo mágico, ¿vale? Después ya no te dolerá nada de nada – aseguré dándole un beso. – ¿A que ya no duele nada?

– No – respondió sorprendido. Me llenó de ternura ver que su inocencia, aún se mantenía intacta. Pero, mirándole a los ojos, pude ver algo más en ellos. Su mirada vacía me mostró el miedo que mi hermanito sentía. Un profundo temor le oprimía el pecho y nada tenía que ver con la caída jugando con Art. Era algo mucho más difícil de curar.

– Alfie… – comencé a decir cuando me interrumpió.

– ¡Diles que se callen, Lexie! – me pidió con los ojos llorosos, refiriéndose al estruendo que provenía de la calle. Las sirenas se mezclaban con gente corriendo para refugiarse y algún avión parecía volar cerca de casa. No era la mejor banda sonora para un niño. – ¡Por favor, diles que no hagan tanto ruido! ¡Me duele la cabeza! – se quejaba tapándose los oídos y cerrando los ojos.

– Ven aquí, cariño – le pedí.

Alfie se levantó y yo tomé su sitio. Le senté sobre mis piernas y miré sus ojitos marrones sonriendo, tratando de animarle. Estaba aterrado, le temblaban las manos y la voz, y su corazón latía exageradamente rápido. Coloqué su cabeza junto a mi pecho, le abracé y empecé a cantar para que mi voz se escuchase más fuerte.

In the jungle, the mighty jungle
the lion sleeps tonight...
In the jungle, the quiet jungle
the lion sleeps tonight...

Near the village, the peaceful village
the lion sleeps tonight.
Near the village, the quiet village
the lion sleeps tonight.

Hush my darling, don't fear my darling
the lion sleeps tonight.
Hush my darling, don't fear my darling
the lion sleeps tonight.

Al terminar la canción, miré a Alfie y vi que estaba considerablemente más relajado. Le besé la frente y sonreí. Abbie y yo solíamos cantarle esa canción a mi hermano cuando era aún más pequeño y no podía dormir. La melodía le relajaba tanto que, apenas terminábamos de entonarla, él ya estaba soñando con los angelitos.

Aquel episodio se me quedó grabado en el alma. Apenas pude dormir, mi cabeza no dejó de darle vueltas durante toda la noche. Me di cuenta de que algo iba mal y me prometí a mí misma que debía actuar apresuradamente para cambiarlo. No podía dejar que Alfie viviera aquello. Era solo un niño después de todo y yo debía velar por su seguridad. Debía hacer algo rápido y solo se me ocurrió una posible solución. Solo había una persona a la que podía recurrir en aquel crítico momento. Tan solo una.

Capítulo 17

3 de marzo de 1941

Otra primavera estaba a punto de comenzar y ni siquiera ella era capaz de pintar algo de color en un país terriblemente asolado por la guerra.

Al menos, una nueva carta de Henry llegó en medio de aquel caos y fue como un soplo de aire fresco para mí. Recibir su correo, me hacía sentir amada y llena de esperanza. Poder leer sus escritos, significaba que mi marido seguía queriéndome y, por supuesto, que Henry aún continuaba con vida. Esa era la mejor noticia que podía darme después de todo, que mi marido aún sobreviviera allí donde quisiera que estuviese. Sin embargo, aquella carta no albergaba la mejor de las noticias. Sus palabras expresaban el inicio de una batalla campal contra los alemanes donde, día a día, se decidían a cruzar el limbo que se intuía entre la vida y la muerte.

Me senté rápidamente junto a la mesa y leí con interés lo que Henry tenía que contarme.

Querida Lexie:

Te añoro tanto... Necesito abrazarte y pensar que lo único real de todo esto es nuestro amor.

Desearía poder tenerte a mi lado y contarte esto que te escribo en persona, pero no aquí. Aunque lo mejor sería no tener que darte esta triste noticia. Este ya no es un lugar seguro. La gente muere a diario y no sabemos quién de nosotros será el siguiente, cuándo, ni cómo ocurrirá.

Theo pereció el martes. Yo no estaba junto a él, pero Brett nos dijo que, huyendo del ataque de las tropas del eje, un misil le cayó encima y le reventó. Desapareció en cuestión de segundos. No puedo creer que días atrás estuviéramos hablando los cinco en el campamento y hoy, simplemente ya no esté. No consigo asimilarlo, pero debo hacerlo pronto. Algo me dice que nos vamos a enfrentar a muchas muertes como esta. Aunque no estoy seguro si logro comprender cómo funciona esto aún. Espero que tú no tengas que entenderlo nunca.

Mañana nos moveremos de nuevo, a un lugar donde nos necesiten aún más. Aquí solo sabes dónde amaneces, pero nunca puedes estar seguro de dónde dormirás por la noche y, mucho menos, de si lo harás con vida.

Pensaré en ti.

Henry

Me entristeció sobremanera leer aquellas palabras. Por sus escritos, podía imaginar todo lo que aquellos cuatro chicos habían terminado significando para Henry, teniendo en cuenta las circunstancias que les habían unido. Sin duda, Theo se llevó también una parte de Henry consigo. Sé que un trozo de su corazón murió con él.

Cogí entonces lápiz y papel y me dispuse a enviarle una respuesta a mi marido.

Querido Henry:

Lamento profundamente la muerte de Theo. Sé lo que esos chicos deben significar para ti. Cuando uno está lejos de casa, los vínculos que se establecen son mucho más fuertes. Lo lamento de veras. Aún no puedo creer que ésta vaya a ser la dinámica a partir de ahora. Solo espero que esto se solucione pronto y no tenga que caer nadie más.

Por aquí las cosas también están sucediendo muy deprisa. No vas a creerlo, pero Abbie ya se ha trasladado a vivir con Jim Pattison. Aún pasa algún tiempo en casa, ya que Jim trabaja casi todo el día, pero está entusiasmada con la idea de que esta guerra concluya y poder formar su propia familia, como siempre ha deseado.

Callum y Margot van a tener un bebé el próximo mes de agosto. Ojalá estuvieras aquí, se les ve felices y sé lo mucho que te alegraría ver a Callum de esta manera. Estoy muy contenta por ellos, se merecen todo esto y más. Pero verles tan felices juntos, me hace añorarte aún más si cabe. Pienso lo felices que seríamos ahora los cuatro juntos, aquí en Liverpool. Tú tendrías tantas historias que contarnos, como siempre hacías, y yo tendría tantos lugares a los que llevarles... Mi corazón sigue latiendo con fuerza cada vez que pienso en ti y en tu dulce rostro. Rezo cada noche para poder verlo de nuevo muy pronto.

Aguanta, Henry. Esto debe estar por terminar y entonces, seremos por fin felices para siempre.

Estés donde estés, recuerda: pensaré en ti.

Con amor,

Lexie

Tras concluir la carta e introducirla en el buzón de correos, acudí con premura a ver a la señora Aldridge. Jamás me imaginé haciendo algo así. Nunca pensé que tuviera que recurrir a una opción así, pero no tenía elección, estaba desesperada y necesitaba encontrar una solución como fuere. Callum se empeñó en no dejarme ir sola, pero no dijimos nada a mamá, ya sé lo que hubiera dicho.

Llamé a su puerta temblorosa y tomé aliento.

– ¡Alexa, querida! ¡Qué alegría verte por aquí después de tanto tiempo! ¡Pasad, por favor! Callum, ¿cómo estás? – nos recibió Vivi amablemente.

Nos dirigió hasta el salón, donde también saludamos a Harold, que acudió a su habitación poco después ya que se encontraba indispuesto. Eso hizo que me sintiera un poco más segura. Si ya me daba pavor pedirles algo así a los Aldridge, la presencia de Harold Aldridge, quien escudriñaba con la mirada, hacía la situación mucho más complicada.

– Vivi, siento que la visita sea por este motivo, pero necesito pedirte ayuda – me atreví por fin a pronunciar.

– Claro, Alexa, lo que necesites. Dime, ¿de qué se trata? – me animó, cogiéndome la mano para darme mayor seguridad. Era evidente que podía detectar cuánto me estaba costando todo eso.

– Verás, no creí que tuviera que pediros nada. Cuando dijiste que éramos familia y que estaríais ahí para lo que fuera necesario... Vivi, sé que lo dijiste de corazón, pero no pensé que necesitara nada en realidad, nada que no pudiera obtener de otra manera. Sin embargo, no me queda otra opción. No tengo otro modo posible de conseguir esto.

– Tranquila, bonita – me dijo apretándome las manos. – No temas. Cuéntame.

– Vivi, como sabes el gobierno ha paralizado los traslados de los niños después del hundimiento de ese buque el pasado mes de Septiembre... Esperábamos que Alfie pudiera ser trasladado por esas fechas. Afortunadamente, nada le pasó a él, pues aún no había sido llamado para embarcar. Pero ese contratiempo hizo que ya no pudiera ponerse a salvo... Se están realizando muy pocos traslados y Alfie ya se fue una vez, por lo que no tiene ninguna posibilidad de que sea uno de ellos. La otra opción son los viajes privados pero, como sabes, solo las familias con dinero pueden permitirse enviar a sus hijos fuera...

– Cariño, dime qué necesitas.

– Bueno, yo... Me preguntaba... si vosotros podríais ayudar a mi hermano. Solo eso. Si no podéis lo entendería perfectamente, pero me sentía en la obligación de intentarlo. No podría soportar que algo malo le pasase aquí y saber que no he agotado todas mis posibilidades o que no lo he intentado lo suficiente. Pero...

– Cielo – me cortó la señora Aldridge. De los nervios había empezado a escupir palabras por mi boca, sin apenas tomar aliento. Cogió mis manos y con su brazo izquierdo me rodeó el hombro. – ¿Necesitas que traslademos a Alfie fuera de aquí? ¿Es eso? ¡Cuenta con ello! Le diré a Harold que hable con su hermano y mañana mismo él le llevará con alguna familia. ¡Oh, cariño! ¿Ese era el problema? ¡Me habíais preocupado realmente! Cuando te sentí temblar, pensé que algo realmente malo había ocurrido. Pero si te preocupa que Alfie siga aquí, nosotros le trasladaremos mañana mismo. No tienes que preocuparte por eso, querida. Por supuesto que ayudaremos a tu hermano. Como te dije, somos familia y las familias tienen que ayudarse entre ellas – aseguró llevándose mis manos a la boca y besándolas con ternura. – Tranquila, cariño, tu hermano estará a salvo. Tranquila.

– Gracias, Vivi – alcancé a decir, temblando ligeramente.

Vivi Aldridge y yo nos fundimos en un cálido abrazo

que me tranquilizó en cuestión de minutos. Me sentí protegida, respaldada y, por primera vez desde que la guerra estallase, creí que podía bajar la guardia momentáneamente. Sabía que ella cuidaría de mí.

– Menos mal que van poner a Alfie a salvo, ¿verdad? Es solo un niño… – comenta Kara preocupada.

– Así es – admite Rose Miller. – Tenía poco menos de la edad que tú tienes ahora. ¿No te hubiera aterrado a ti crecer en medio de una guerra?

– Creo que sí – acepta Kara.

– Sí, tiene que ser horrible – aporta Mollie, que se ha sumado hoy mismo al relato. – Mi abuela siempre decía que fueron años duros, pero que le enseñaron más que el resto de su vida. Imagino que en esas circunstancias el reloj se acelera y todo lo que vives se intensifica, se multiplica por veinte.

– Así es Mollie. Todo se vive como si estuvieras corriendo una maratón diariamente. Y no tienes opción de parar a tomar aliento y respirar.

– ¿Y qué ocurrirá con los demás? ¿Los chicos, Lexie, Margot…? ¿Sobrevivirán a la guerra? – indaga Kara.

– Tendremos que seguir leyendo para averiguarlo. Pero antes, Mollie, ¿puedo saber cómo conseguiste este diario? ¿Sabes a quién pertenece?

– No, lo desconozco. Mi madre me lo entregó una navidad, cuando yo era pequeña. Jamás lo había leído antes, me parecía algo demasiado privado para entrometerme. Pero usted lo narra con tanto sentimiento, que parece como si quien lo escribió quisiera que lo leyéramos. Como si desease que llegara a nosotras.

– Quiero saber lo que ocurre – anuncia Kara apremiando.

– Continuemos entonces – acepta la señora Miller.

– Vais a tener que hacerlo sin mí. Tengo que volver al trabajo. ¿Prometéis contarme lo que ocurra?

– Descuida, mamá. Pero deja que continúe.

Capítulo 18

3 de mayo de 1941

Solo acabábamos de comenzar el mes de mayo, cuando algo catastrófico estaba a punto de suceder. El Blitz de Liverpool, la peor noche para la ciudad, no solo de la guerra sino de toda su historia. La ciudad quedaría devastada y más de 500 personas perderían la vida en la peor jornada jamás vivida en ella. Durante los primeros ocho días de mayo, la ciudad fue bombardeada durante casi cada noche.

Miles de personas se levantaron aquel día sin saber que la ciudad, tal y como la conocían, cambiaría para siempre. Muchos de ellos hicieron promesas que jamás llegarían a cumplir, imaginaron planes que nunca podrían llevar a cabo y vieron a sus seres queridos por última vez.

Decenas de bombas cayeron por todos lados y dejaron la ciudad reducida a escombros. Yo había salido con Abbie a recoger nuestras raciones de comida semanales. Afortunadamente, nos dio tiempo a escondernos en un refugio cercano, pero cientos de personas parecieron no correr la misma suerte. Callum descansaba en casa con una embarazadísima Margot cuando les dejamos. Solo esperaba que nada hubiera ocurrido allí. A mamá y a Arthur hacía semanas que no les veíamos, apenas podíamos salir de casa y recé con todas mis fuerzas para que ambos siguieran vivos.

Salimos del refugio y el escenario con el que nos encontramos era estremecedor, mucho peor que ninguno de los que hubiéramos visto hasta entonces. Un chico corrió hacia lo que debía haber sido su casa, donde entonces solo quedaban escombros y un montón de polvo. Se desplomó sobre un bulto y gritó desde las entrañas: «¡¡¡Mamááá!!!». La escena se tornó desgarradora.

Continué junto a Abbie y un grupo de personas que habíamos acudido a ayudar. A cada paso que dábamos, tropezábamos con cadáveres y restos de antiguos edificios derrumbados, reducidos a añicos. El panorama que podía palparse era tristemente desolador. Jamás pude haber imaginado algo así. Lo cierto es que jamás lograré comprender lo que sucedió, ni las razones que llevaron al mundo a no hacer nada para evitar que ocurriera.

Abbie y yo intentamos ayudar en todo lo que pudimos. Recorríamos los alrededores, intentando encontrar algún superviviente a quien pudiéramos sacar de aquel amasijo. Alguien gritaba pidiendo ayuda bajo un trozo de lo que debía haber sido una puerta en algún momento. Un par de soldados se dirigieron en su búsqueda.

– ¡Dios Santo! ¡La ciudad está devastada! –

confirmaba aturdida una mujer que pasaba junto a nosotras.

– ¡Ey! ¡Ey, allí! ¡Hay un cuerpo bajo los escombros! – me indicó uno de los militares, señalando con el dedo

– ¡Veo otro aquí! – respondió una chica a trescientos metros de donde yo me encontraba.

Me dirigí donde el soldado acababa de indicarme, tratando de abrirme paso entre la montaña de cascotes.

– ¡Aquííí! – gritaba otra. – ¡Hay dos personas aquí debajo! ¡Tenemos que ayudarles! ¡Tenemos que sacarles de aquí! – chillaba exasperada.

Vi a Abbie correr hacia donde indicaba junto a otras dos personas. Comenzaron a levantar con cuidado los escombros que les cubrían. Di media vuelta y seguí mi camino hacia el lugar donde el soldado me había indicado.

Intenté hacerme hueco entre los residuos. Me coloqué sobre ellos, tratando de no perder el equilibrio. Visualicé un cuerpo bajo unas vigas rotas. Me dirigí hacia ellas, las retiré con sumo cuidado y las hice a un lado. Un soldado vino a echarme una mano y entre los dos sacamos el cuerpo de una chica joven. Su cabello le cubría toda la cara, pero pude comprobar que su cuerpo estaba completamente ensangrentado.

– Bien, vamos a moverla lentamente. Cuidado con los brazos – indicaba el soldado con voz calmada, sosteniéndola entre los dos cuidadosamente.

Sostenía a la chica por los hombros, mientras yo sujetaba sus pies. Colocamos el cuerpo escrupulosamente sobre el suelo. El soldado se colocó inmediatamente junto a ella, tomó su pulso y confirmó que estaba muerta. Entonces, retiré con esmero su larga melena pelirroja y descubrí su rostro angelical cubierto de sangre.

– Betty – susurré afectada.

– ¡Lexie! – escuché tras de mí. Me giré y vi a Abbie perpleja con la mirada fija en el rostro de su amiga. Empalideció y se cubrió la boca con la mano izquierda. Comenzó a llorar desconsolada y un soldado llegó para cogerla justo a tiempo. Abbie se desplomó y el soldado tuvo los reflejos suficientes para sujetarla a tiempo y en brazos se la llevó de allí. Besé la frente de Betty. No podía creer que estuviera muerta. Me santigüé y pedí a Dios que cuidara de ella. Cogí su colgante para poder enviárselo a Paddy en cuanto pudiera. Cerré sus ojos cuidadosamente y acudí donde estaba Abbie. Le habían ofrecido agua y parecía estar volviendo en sí poco a poco.

– Estaba muerta, Lexie, ¿verdad? ¡Era Betty! ¡Y estaba muerta! – exclamó abatida y con la mirada perdida.

Abracé a mi hermana, tratando de tranquilizarla. Noté perfectamente lo rápido que latía su corazón. Creo que el mundo cambió para ella ese día, en el preciso instante en que entendió que la gente podía morir y que la guerra era mucho más que un simple juego.

Regresamos a casa poco después para comprobar que, afortunadamente, Callum y Margot seguían allí. Habían escuchado el inmenso estruendo, pero no habían podido moverse de ahí dado el avanzado estado de gestación de la francesa. Por suerte, nada había ocurrido en la zona, así que todo seguía intacto y ellos, sanos y salvos.

Durante meses, revisé los tablones varias veces para comprobar que ni mamá, ni Arthur, estaban en ellos. Lo que significaba que aún seguían vivos.

6 de diciembre de 1941

Cruzamos la calle para pasar a hacer una visita a los Dupond. Margot tenía suerte de poder tener a todos juntos bajo el mismo techo. Charlamos largo rato con Sebastian y Aurèlie, sus hermanos menores. Bastian y Margot estaban muy unidos debido a su cercanía de edad, casi como Abbie y yo. En unos días cumpliría la mayoría de edad y debería volver a Francia para cumplir con la obligación moral de luchar por su país.

– No quiero ir a la guerra, Margot – escuché a Bastian confiarle a su hermana. – No quiero firmar mi muerte – confesó temeroso.

Pude ver el miedo en sus ojos, el mismo miedo que ya había visto antes, la clase de miedo que siente quien sabe que, probablemente, vaya a morir pronto. Es complicado lanzarte a vida o muerte a una aventura que no querías que empezara, luchar una batalla en la que no crees y defenderla con tu vida como si la creyeras la mejor de las ideas. Debes entrar en un juego en el que la apuesta es lo más preciado que poseemos, la vida.

La mañana siguiente, Margot y yo fuimos con nuestras cartillas de racionamiento para conseguir los alimentos básicos de la semana, que cada vez eran menos. Acompañé a Margot a su casa en primer lugar. Después, llegamos al piso y descubrimos una visita inesperada.

– ¿Vivi? – pregunté extrañada. – ¿Cómo estás?

– Mi madre ha llamado hace un rato a los Aldridge – explicó Callum antes de que preguntásemos nada.

– ¿Ocurre algo? – preguntó Margot atemorizada. – Sí, claro que ocurre algo. ¿Qué sucede, Callum? ¿Por qué tienes esa cara? – indagó impaciente.

– Parece que Roosevelt va a dar un discurso pidiendo que EE.UU. declare la guerra a Japón – sentenció el americano. – Nosotros también estamos dentro.

La señora Aldridge subió el volumen de la radio que sonaba de fondo.

...Última hora. Los Estados Unidos de América han sido repentina y deliberadamente atacados por fuerzas navales y aéreas del imperio japonés. Japón ha emprendido una ofensiva que se extiende por todo el Pacífico...

– Esto tiene muy mala pinta – comentó Callum al respecto. – Todo se va a complicar aún más.

...Sin duda, el 7 de diciembre de 1941 será un día que ningún norteamericano logrará olvidar jamás. A la espera de que el

presidente Franklin D. Roosevelt se pronuncie respecto a la ofensiva, la entrada en la guerra ya es un hecho.

– ¡Joder! – exclamó Callum encolerizado. – ¡Joder, estábamos en paz con ellos! ¡Estábamos en conversaciones para mantener la paz en el Pacífico! – se quejaba furioso. – ¡Pero se acabó! Ahora solo nos quedan dos cosas que hacer; luchar y confiar en Dios.

Margot pasó la noche en vela, temerosa de que Callum tuviera que irse en cualquier momento. Y para colmo, el niño no dejaba de llorar.

– ¿Qué ocurre? – me asomé.

– Tiene hambre, Lexie. Tiene hambre y yo ya estoy seca. No tengo nada más que ofrecerle... – se quejaba afligida. – ¡Ya no sé qué hacer para que se duerma!

– Déjame a mí – sugerí.

Me llevé a Jacques a mi cuarto y junto a Abbie, logramos hacer que se durmiera tiempo después.

Margot, desvelada, observaba a Callum detenidamente. Apoyada sobre su codo izquierdo, miraba fijamente a su marido.

– ¿Por qué me miras así, Maggie? – preguntó él suavemente.

– No puedo creer que hayamos llegado a esto. No puedo entender que estemos en este punto. ¿Cuánta gente más va a tener que entrar para que cese esta maldita guerra? ¿Cuánta gente más va a tener que morir?

– No lo sé. No sé qué más va a ocurrir hasta que

esto concluya – respondió el americano con resignación.

– ¿Por qué no te quedas aquí? – propuso la francesa. – Con Jacques, con Lexie… Conmigo. No tienes que irte, Callum.

– Claro que sí. Tengo que irme, Margot. Mi país me necesita – advirtió.

Miró a su mujer resignado. Sus oscuros y misteriosos ojos se clavaron en la verde mirada de ella. Se mantuvieron así durante unos largos segundos.

– Margot, quiero luchar por mi país. Quiero alistarme en la Armada y hacer algo útil en esta guerra. No quiero quedarme sentado, viendo cómo mis compatriotas luchan por mantener el honor y por salvar nuestro país, mientras yo no hago nada. Pero hay algo que necesito que hagas por mí. Le prometí a Henry que cuidaría de Lexie y ahora tengo que dejarla aquí para luchar en la misma guerra a la que él se marchó. Necesito que os mantengáis juntas, Margot. Necesito que no os separéis y que cuidéis la una de la otra hasta que todo esto termine. Tienes que prometerme eso, por favor.

Margot miró a su marido unos segundos en silencio.

– Claro – afirmó finalmente. – Lo haré. Te lo prometo.

Capítulo 19

Junio de 1941.

Antes de comenzar toda esta intrépida aventura, pensábamos que nuestro único deber era defender el honor de Gran Bretaña y frenar las imperiosas intenciones de la Alemania nazi. Creíamos que nuestra peor pesadilla sería que nos atrapasen y cayéramos prisioneros de guerra. Sin duda, no íbamos mal encaminados, pero el papel que nos esperaba siendo nosotros los vengadores, no era mucho mejor.

Acabábamos de descubrir in fraganti a un grupo de alemanes, a punto de lanzar una ofensiva contra una escuela. Afortunadamente, les atrapamos a tiempo para que no lograsen realizar su propósito.

– ¡Cójanles uno a uno y llévenlos frente al General Brown! – decidió el teniente. – ¡Rápido! ¡Apresúrense!

Tal y como nos ordenaron, Brett, Paddy, Gus y yo junto a unos cuantos soldados más, agarramos por el pescuezo a aquella mugre y les dirigimos sin mucho cuidado a un porche, donde el General Brown se sentaría minutos después para presenciar en butaca preferente lo que iba a ocurrir.

Cada uno de nosotros se colocó detrás de uno de los soldados alemanes. Apuntándoles la nuca con un arma, esperábamos a que el General llegara y diera la orden para proceder.

A mi lado, Gus movía los pies de un lado a otro, como si estuviera bailando. Giré ligeramente la cabeza hacia mi derecha y vi cómo se movía por el rabillo del ojo.

– ¡Gus! ¿Qué haces? – le dije entre dientes bajo la atenta mirada de nuestros superiores. – ¡Deja de moverte!

– Creo que yo no puedo hacer esto, Henry – me confesó con la mirada cristalizada y la voz entrecortada. – No puedo.

Sin duda no era algo fácil de hacer, pero la guerra nos obligaría a hacer cosas de las que jamás lograríamos olvidarnos. Y aquella, no podía ser una excepción.

El general llegó en ese preciso instante y todos nosotros nos pusimos firmes. Mantuvimos nuestras armas cargadas y en alto, esperando a recibir la orden para acabar con aquellos soldados enemigos. De uno en uno iríamos acabando con ellos, hasta que no pudieran hacer daño a nadie más.

Todos nosotros nos dimos la vuelta para ponernos frente a ellos.

– ¡Joder, Henry! ¡Creo que no puedo hacer esto! ¡No puedo hacerlo!– continuaba quejándose Gus atemorizado.

– Tranquilízate, Gus. Claro que puedes – traté de animarle guiñándole un ojo.

Miré al soldado que tenía frente a mí. Su verde mirada se clavó en lo más profundo de mi alma. Las manos me temblaban y mis piernas parecía que fueran a quebrarse. Apuesto a que tenía tan pocas ganas de luchar en esta guerra como yo, pero al final siempre somos nosotros quienes damos la cara y sufrimos las consecuencias. No era grato lo que estaba a punto de hacer, pero en el contexto que nos rodeaba, era él o yo. Así que cogí aire, respiré profundamente y mantuve el arma firmemente, preparado para disparar en cuanto llegase mi turno.

El General dio entonces la orden y mis compañeros empezaron a ejecutar a los alemanes uno a uno, cada cual a su tiempo, como si de una melodía se tratase. Primero lo hizo Graham Connelly, después fue Brett y entonces le llegó el turno a Gus, dubitativo.

– ¡Vamos, Gus! ¡Es solo un disparo! – le alenté. Este cerró los ojos y su dedo disparó en la cabeza de aquel soldado rubio. – ¡Bien hecho, Gus! – intenté reconfortarle antes de tragar saliva y repetir, también yo, su gesto.

Después siguió Paddy, Wood y un par de soldados

más. Al finalizar, el General se levantó de su silla, nos felicitó y volvió a marcharse. Nosotros también abandonamos aquel inhóspito lugar para continuar con nuestros quehaceres. Antes de perder de vista aquella instancia, visualicé los cuerpos sin vida de aquellos hombres que, minutos antes, aún la conservaban. Yacían en el suelo como si no se tratara de personas. Una lágrima se abalanzó por mi mejilla y yo me apresuré a borrar su camino, para que nadie sospechase.

– ¡Vamos! – me dijo Brett con una palmadita en la espalda. – Hay que continuar.

Nos marchamos de allí y les dejamos tirados en el suelo, como si no importaran nada. Regresamos al campamento para repasar la ofensiva de los próximos días y comimos rápidamente unos sándwiches. Mientras charlábamos, vi a Gus con la cabeza en otra parte y me acerqué a él intentando ayudarle, a pesar de que yo también sentía lo mismo.

– ¡Eh, Gus! ¿Por qué estás tan preocupado? – intenté introducir el tema.

– ¿De veras me estás preguntando eso, Henry? ¡Acabamos de matar a unos tíos! Nunca antes había matado a nadie... Me refiero, a nadie del que conociera el color de sus ojos. Esos tíos eran alemanes, sí, pero también tendrían familias. También tendrían una historia, una vida. Y nosotros se la hemos arrebatado en

un instante. ¿Cómo voy a poder dormir ahora con la mirada de ese tío clavada en mi mente? ¿Quieres decírmelo, Henry?

– Será terriblemente difícil, Gus, sin duda – contestó Paddy frente a nosotros. – Pero tendremos que aprender a vivir con ello. ¡Estamos en guerra, joder! ¡No hemos venido aquí a jugar al ajedrez, sino a defender a los nuestros! Yo tampoco quería matar a esos soldados, ni a todos los que nos hemos cargado antes con las bombas y los misiles. Pero si no lo hacemos, ellos lo harán con nuestros compatriotas, con nuestro pueblo. ¿Y qué quieres que te diga, Gus? Entre matar a un tío al que no conozco o que se carguen a mi mujer o a mis hermanos... ¿Vas a decirme tú lo que hacemos?

La tesitura en la que nos encontrábamos era realmente complicada, pero no creo que una guerra nos pusiera frente a ninguna situación sencilla. Por ella, debíamos sacar nuestra mejor cara con nuestros compatriotas y nuestra peor faceta con el enemigo.

Era una ardua y desagradable tarea acabar con la vida de cualquier persona. ¿Quiénes éramos nosotros, después de todo, para decidir una cosa así? Solo Dios tenía ese poder y nosotros jugábamos a ser él. Jugábamos a poner precio a sus vidas y a decidir cuándo ésta llegaba a su fin. Pero no éramos los únicos jugadores en el tablero y teníamos que ser lo suficientemente avispados como para mover ficha nosotros primero y evitar que el oponente terminara comiéndonos y enviándonos a casa, una casa que mucho distaba de nuestro cálido hogar. Y la idea de defender a nuestras familias y a nuestros seres queridos, el deseo de volver a verlos con vida, debía llevarnos hasta la casilla final. Era la única baza con la que contábamos.

Capítulo 20

8 de diciembre de 1941

Callum partió poco después con destino a los Estados Unidos, para ser enviado a un nuevo lugar desconocido y luchar por su país. La guerra nos afectaba a todos y cada uno de nosotros debía asumir en ella el papel que le habían asignado, o el que había optado por tomar.

Margot quedó destrozada cuando su marido tuvo que marcharse. Yo la entendía mejor que nadie. «Siento mucho si te estoy rompiendo el corazón. Es lo último que me gustaría hacer», le dijo Callum antes de marcharse. Además, su familia decidió irse definitivamente ante la árida situación que nos acontecía.

Un día, a su llegada a casa de los Dupond, encontró varios enseres amontonados junto a la entrada. Se adentró en el interior de ésta buscando una respuesta a tal despliegue de medios, cuando encontró a su madre recogiéndolo todo apresuradamente en bolsas.

– ¿Qué está pasando, madre? – decidió preguntar Margot a su llegada.

– Nos vamos de aquí, Margot. Vamos a vivir un tiempo en un pueblo cercano a Leeds, en la casa de un excompañero de tu padre. Tenemos que recoger lo que podamos, John nos acompañará.

– Pero, ¿por qué? – inquirió ella desubicada.

– Aquí no estamos seguros, Margot. ¿Es que no lo ves? ¡Hay que irse de aquí inmediatamente! ¡Hay que huir!

– ¿Huir? ¡Yo no puedo huir, madre! – se quejó ella con tono de preocupación. – ¿Cree que no nos encontrarán allá donde vayamos? ¡No servirá de nada!

– Hija, Liverpool es una de las ciudades más importantes de Reino Unido, acabarán con ella tarde o temprano – explicaba Adèle Dupond visiblemente inquieta. – ¡Vamos! ¡Sube a tu cuarto y baja con tu equipaje listo en diez minutos! Estaré aquí esperándote. No es necesario que lo cojas todo, solo lo imprescindible. Empaquétalo. Partiremos mañana temprano junto a John.

– No, mamá – negó ella. – Te digo que yo no puedo irme.

– ¿Qué estás diciendo? ¡Tú te vienes con tu familia! – ordenó imperante. – ¡Vamos! ¡Ponte en marcha!

– No puedo, mamá. Le prometí a Callum que me quedaría con Lexie. No puedo dejarla sola.

– Margot, ¿vas a arriesgar tu vida por una estúpida promesa? – preguntó la señora Dupond irónica. –

¡Tenemos que ayudar a tu hermano! ¡Ya he enviado a dos de mis hijos a esta dichosa guerra, no pienso mandar a uno más! ¡No voy a exponer a toda mi familia a esta maldita guerra! ¡Debemos ir a un sitio donde no nos encuentren! ¡Vamos, hija! ¡Date prisa! ¡Trae tu equipaje!

– No, mamá, id vosotros, de verdad. Yo tengo que quedarme aquí – afirmó mi amiga convencida.

Su madre dudó unos instantes mientras observaba a su hija pasmada ante ella. Ninguna de las dos pronunció una sola palabra más, pero Adèle Dupond comprendió que no había manera de que su pequeña cambiara de opinión. Resignada, imaginó que Margot tendría una buena razón para arriesgar su vida de aquella manera.

– ¡Haz lo que quieras! ¡Estás completamente loca! – sentenció su madre abandonándola en la estancia.

Margot regresó a casa segura de su decisión, pero yo la noté apenada. Nos conocíamos bien a esas alturas y, aunque no lo expresase, sabía que separarse de su familia causaba en ella una profunda pena y despertaba en ella un atisbo de culpabilidad.

– Mi madre ha decidido irse – me informó a su regreso. – Cree que es lo mejor que pueden hacer, pero no estarán a salvo vayan donde vayan. Y mucho menos lo estarán, vagando por las calles con mis hermanos en las circunstancias que nos acontecen. Sería mejor que nos mantuviésemos todos juntos. Está siendo una irresponsable.

– Maggie, no puedes hacer nada. Has hecho cuanto debías, pero ella ha tomado su decisión.

Estarán bien, estoy segura. Cogerán algún medio de transporte y en un par de días se habrán alejado lo suficiente como para mantenerse a resguardo de las bombas que caerán sobre la ciudad. Tienes que tener fe y, sobre todo, debes mantenerte optimista. Si no lo haces, esto se tornará un infierno.

– Tienes razón, Lexie. Siento ser tan agorera, pero temo que les ocurra algo a cualquiera de ellos. Gracias por animarme – admitió rozándome la mano con sus dedos. Tenía la piel más suave que hubiera notado jamás. – Estarás conmigo, ¿verdad? Estaremos juntas en todo esto, ¿no es cierto?

– Claro que sí, Maggie. Y con Jacques.

– Sí – afirmó ella. Aprecié un atisbo de luz en su mirada. Mis palabras parecían haberla reconfortado. Así que, por largo y pesaroso que resultase el camino, debíamos permanecer unidas por encima de todo. No sería sencillo, pero al menos tendría a Margot conmigo.

17 de marzo de 1942

Otro invierno estaba llegando a su fin, cuando un nuevo bombardeo nos sorprendió de camino a visitar a Abbie. Pero este no sería un bombardeo cualquiera. Corrimos apabulladas en dirección opuesta al lugar donde había caído la primera bomba. Corríamos tan rápido como podíamos, con Jacques en brazos, intentando huir de los ataques. No había casi nadie en la calle, por lo que no sabíamos hacia dónde acudir. Los alemanes habían tomado algunas zonas y debíamos huir de ellas.

De pronto, logré situarme. Estábamos en Bootle, cerca de mi antigua casa, donde vivía con mamá y mis hermanos antes de trasladarme con Henry a Aintree. Había un refugio no muy lejos de casa. Podríamos cobijarnos allí, si lográbamos llegar hasta él. Dirigí a Margot y Jacques hacia él con sumo cuidado, mirando a cada paso si alguien deambulaba por allí o por si hacíamos el menor ruido que nos delatara.

– ¡Lexie, espera! – interrumpió Margot. Pude ver el miedo reflejado en sus pupilas. – No podemos seguir en esa dirección – susurraba. – Mira – indicó dirigiendo la cabeza hacia un grupo de soldados que vigilaban al otro lado de los setos. – Volvamos por allí – señaló con la mano temblorosa.

Sin apartar la vista de mi casa, caminamos en sentido contrario. No podía creer que estuviera tan cerca de casa al fin y ni siquiera pudiera acercarme a comprobar cómo se encontraban mi madre y mi hermano. Seguía mirando de vez en cuando mi casa cuando, de pronto, una nueva bomba cayó de lleno sobre ella. Paré en seco desconcertada por el fuerte impacto y afligida por la bomba que también había caído en mi corazón. Volví en mí y reaccioné encolerizada. Corrí hacia el lugar donde solía estar mi casa, tenía que buscar a mamá y a Arthur. Tenía que rescatarles.

– ¡¡¡Mi casaaa!!! ¡¡¡Mi casaaa, Margot!!! ¡¡¡Esa es mi casaaa!!! – grité mientras corría fuera de mí.

– ¡¡¡Lexieee!!! ¡¡¡Lexieee!!! – escuché tras de mí. Frené mi ritmo, giré y Margot, que continuaba portando a Jacques, me agarró del hombro. Bajó el tono de voz considerablemente, para que nadie pudiera identificarnos. – Lo sé, Lexie. Pero, ¿qué quieres hacer? No podemos regresar ahí. Los alemanes nos capturarán. Volvamos a buscar el refugio – me indicó. Margot me dio un dulce beso en la mejilla, aunque sus labios casi rozaron la comisura de los mío, y continuamos nuestro camino para escondernos.

Durante días, uno tras otro, estuve mirando las listas con la esperanza de que ni mi madre, ni Arthur, estuvieran aquel día en casa. Casi logré creérmelo, cuando comprobé nuevamente las listas junto al hospital principal que, afortunadamente, aún seguía en pie. Había acompañado a Margot, que se encontraba indispuesta desde hacía ya unos días. Mientras daba un paseo con Jacques, vi sus nombres en uno de los tablones. Allí estaban finalmente.

Defunciones:

Arthur Buckley (17).

Amelia Buckley (41).

Habían tardado tanto en identificarles, que casi me había autoconvencido de que seguirían vivos en alguna parte de la ciudad. Pero era algo absurdo pensar que podían haberse librado de semejante ataque. Aprecié algo espantoso recorrer mi estómago y sentí que me quemaba el interior. Acaricié mi vientre y me retorcí, a punto de vomitar, cuando un hombre se acercó para ver si me encontraba bien. Me reincorporé y volví dentro, para comprobar que Margot estaba siendo atendida.

Había heridos por todas partes. Personas cubiertas por vendas, derramando sangre y gritando nos rodeaban. Tapé los ojos de Jacques y me dirigí con paso firme hacia el mostrador, intentado no detenerme ante aquel desalentador panorama, para preguntar por mi amiga.

Minutos después, Margot salió junto a un doctor y pudimos regresar a casa.

– Están muertos, Maggie – le comuniqué apenada. – He leído sus nombres en una de las listas. Murieron.

– ¡Oh, Lexie! – me consoló ella abrazándome. – Lo siento mucho... Pero era una opción que debíamos considerar. Todo saldrá bien. Yo cuidaré de ti y tú cuidarás de mí, ¿vale? Vamos a sobrevivir a esto.

– ¿Qué te ha dicho el doctor? – me interesé intrigada poco después.

– Eres una persona muy fuerte, Lexie. Esa es una de las cosas que más me gusta de ti. Has cuidado muy bien de mí y de Jacques durante todo este tiempo.

¿Crees que vas a poder seguir haciéndolo?

– Claro, Margot. Seguiré haciéndolo. Cuidaré de los dos. ¿Quieres explicarme a qué viene todo esto?

– Bueno, ahora tendrás que cuidar también de alguien más.

– ¿De alguien más? – repetí extrañada. – ¿De quién?... ¡Oh, Margot! – exclamé repentinamente acariciando su vientre.

– Sí, Lexie. Eso es lo que me ocurría. No estoy enferma, solo estoy embarazada. ¡Estamos embarazadas! – anunció entusiasmada.

– ¡Estamos embarazadas! – reí. – Jacques, vas a tener un hermanito o hermanita. ¿No es estupendo?

Pasé la noche pensando en el bebé que Margot esperaba y eso me trajo a mi marido de vuelta. Pensé en Henry, en los niños que nosotros debíamos tener...

Si bien el mundo que nos rodeaba no era el idóneo para traer a alguien a él, la llegada de un bebé siempre era una noticia bonita y emocionante.

2 de junio de 1942

Los meses pasaron lentamente. Abbie cada vez venía menos a casa, debido a la inseguridad que suponía salir a la calle. No es que una casa fuera a salvarte si caía una bomba pero, al menos, no estabas tan expuesta a los soldados extranjeros que pudieran estar presentes, ni a atracos o secuestros. Margot y yo estábamos solas pero, al menos nos teníamos la una a la otra. Me preocupaba más mi hermana. Y no podía dejar de pensar en mamá y en Arthur.

Un tranquilo día, alguien llamó a la puerta. Margot se acercó a abrir.

– ¡Ten cuidado, Maggie! – le advertí. – Recuerda que podría ser una trampa de los alemanes.

– ¿De parte de quién? – escuché que preguntaba asomada al exterior.

Tras una exclamación de sorpresa, Margot abrió la puerta y dejó entrar a un caballero muy atractivo.

– ¿Henry? ¡Henry! – exclamé asombrada.

Salté a sus brazos y le besé con fuerza. ¡Era mi marido! ¡Había regresado! O al menos, eso es lo que parecía. Le vi cambiado, no parecía él en absoluto. Físicamente estaba más delgado y con múltiples heridas, pero no era su apariencia lo que percibí diferente.

– ¡Dios mío! ¡No puedo creerlo! ¿Qué haces aquí?

– Pasaremos unos días aquí. Tras la derrota en Dunkerque, nuestra moral se debilitó mucho y aún no hemos podido recuperarnos. Las bajas son cada vez más numerosas y los que quedamos ya no tenemos fuerzas para continuar – explicó con una leve sonrisa. – El capitán quiere que descansemos un poco y retomemos fuerzas para volver y acabar con esos alemanes. Haremos una pequeña parada y regresaremos a donde sea que nos envíen de nuevo.

– Encantada de conocerte, Henry. He oído tantas historias sobre de ti… – respondió ella amablemente. – Me alegro de que estés aquí, aunque sea solo por unos días.

– ¡Oh, perdona! Ella es Margot, la esposa de Callum. Henry, ¿quieres sentarte? Debes estar agotado – analicé. – ¡Dios mío! ¡Estoy tan emocionada! – exclamé nuevamente abrazándole.

Acompañé a Henry a la habitación, para que pudiera descansar. Un aviso aquella noche nos informaría que lo que en principio serían días, en realidad se convertirían en tan solo unas horas. El análisis de la situación había determinado que necesitaban urgentemente a sus soldados, a los que aún quedaban vivos. Su evacuación solo había sido una decisión precipitada, movida por el gran golpe moral que habían supuesto las numerosas bajas sufridas en territorio enemigo en los últimos tiempos. Henry partiría de nuevo la tarde siguiente.

– He leído todas tus cartas. Algunas, incluso dos veces. Siento mucho lo de Theo, Henry. Parecía buen chico.

– Lo era – afirmó él mirando al techo.

– Aquí también ha caído mucha gente. Mamá y Arthur murieron al finalizar la primavera. Una bomba calló en casa y yo estaba delante. ¡Fue horrible, Henry!

– Lo siento mucho – reconoció sin apenas gesticular, abrazándome. Me dio un beso en la cabeza y volvió de nuevo a su posición inicial.

Tragué saliva y continué dándole conversación. Estaba tan emocionada que no podía dejar de hablar, las palabras corrían solas hasta mis labios. Pero hacen falta dos personas para mantener una conversación.

– Callum se marchó el pasado diciembre. Estados Unidos también entró en guerra y tuvo que marcharse. Japón les bombardeó sin previo aviso.

– Algo oí e imaginé que Callum iría, pero también pensé que cumpliría su promesa – comentó con resignación.

– ¿Qué promesa? – pregunté intrigada.

– No tiene importancia, Lexie – sentenció él.

No volví a preguntarle, ni tampoco a hablarle de nada más. No quería abrumarle con demasiada información, ni saturarle a preguntas, pese a que moría de ganas por saberlo todo.

Quería hacer el amor con él, después de tantos meses sin tocarnos, sin olernos, comunicándonos únicamente por cartas de vez en cuando. Llevaba mucho tiempo esperando poder sentir de nuevo a mi marido, pero él no parecía interesado. No respondía a mis gestos y no hicieron falta palabras para entender que mis deseos, por alguna desconocida razón, no iban a cumplirse. Nos quedamos dormidos poco después y amanecí a su lado, como hacía tiempo que no tenía oportunidad de hacer. Desperté, esforzándome por dibujar una sonrisa que resultara creíble. Le di un beso cargado de amor y de todas las cosas que no nos habíamos dicho en todo ese tiempo.

– Te quiero, Henry. Te he añorado mucho –

confesé dándole un beso. – Desde que te fuiste, no he hecho sino desear que volvieras a casa sano y salvo. He rezado diariamente para que eso ocurriera y ahora te tengo aquí, nuevamente. ¡No puedo creerlo! ¡Dios ha escuchado mis plegarias!

– Yo también, Lexie. ¿Podrías traerme un vaso de agua, por favor? – me pidió con la mirada perdida.

Salí a la cocina y vi a Margot dando el desayuno a Jacques. Me ofrecí a ayudarla, acerqué una silla, tomé asiento y coloqué al niño sobre mis piernas. Una lágrima resbaló por mi mejilla y Margot la descubrió.

– ¡Ey! ¿Qué ocurre? No deberías estar llorando, tu marido está tumbado en tu cama. Deberías estar pletórica, Lexie. No sabes lo que yo daría por ver a Callum de nuevo, aunque fuera solo por unas horas.

Agaché la cabeza y me avergoncé por ser tan desagradecida. Margot tenía razón.

– Me ha pedido un vaso de agua. Llevamos casi tres años sin vernos y lo único que tiene que decirme es si le puedo traer un poco de agua – confesé justo antes de ponerme a llorar. Ya no podía contener más las lágrimas. Me apenaba ver a mi marido de ese modo y me derrumbé.

Henry partió de nuevo la tarde siguiente. Se adentrarían en algún lugar peligroso que, por supuesto, no podía revelar. Me besó, me abrazó y se marchó de nuevo. Volvió a dejarme sola. Volvió a dejarme en aquella casa que se me caía encima, con un niño pequeño, otro en camino y con Margot. Eso era lo único bueno de quedarme allí, Margot.

Aquellas horas fueron suficientes para que pudiera apreciar que mi marido había regresado de una manera extraña. Podía ver su cuerpo, pero algo en él había cambiado. Creo que él mismo se percató, porque escribió una carta días después.

Querida Lexie:

Me hizo inmensamente feliz verte la otra noche. Aunque no lo creas, regresar por unas horas a casa y pasar la noche a tu lado, me hicieron un hombre afortunado. Era todo cuanto necesitaba, pero en ese momento mi cabeza aún no había regresado. Lamento no haber estado demasiado hablador, pero estando frente a ti, de pronto se me olvidaron las palabras. Supongo que eso es lo que sucede después de vivir solo con un puñado de hombres durante años.

Espero que logres perdonarme.

Pensaré en ti,

Henry

– Es hora de dormir, Kara. Mañana seguiremos de nuevo. ¡Buenas noches, preciosa!

– Buenas noches, señora Miller – se despide la niña antes de dormir.

– Gracias otra vez, señora Miller.

– No tienes que dármelas, Mollie. Tienes una familia estupenda.

– Lo sé, muchas gracias. ¿Y usted? ¿Qué hay de su familia? ¿No tiene hijos? ¿O nietos?

– No, nada de eso. Siempre he estado sola desde que mi marido murió. Perdí al amor de mi vida y jamás he sido capaz de encontrar a nadie más.

– Eso es muy romántico, pero también muy triste. ¿Nunca ha deseado sentirse amada?

– Lo hice, Mollie. Me sentí más amada de lo que me había sentido en mi vida y es por eso que nunca encontré nada igual. Pienso en aquellos años y aún recuerdo el amor que sentí. Con eso me basta.

– Si es suficiente para usted, está bien. Pero todos necesitamos sentirnos amados, creo que solo con un recuerdo no alcanza.

– Para mí es suficiente.

– Bueno, señora Miller, será mejor que vaya a acostarme. Nos veremos el jueves de nuevo. ¡Buenas noches!

– Buenas noches, Mollie. Disculpa, una cosa más antes de irme. Me dijiste que desconocías quién había escrito este diario, ¿no es cierto?

– Eso me temo. No lo sé con certeza. Mamá lo ha guardado siempre.

– ¿Crees que podrías averiguar quién fue? Quizás tu madre lo sepa.

– Claro, lo averiguaré.

Capítulo 21

10 de junio de 1942

Nos enfrentábamos a otro verano desolador. Sin apenas salir de casa, sin muchos víveres en la despensa y con los ánimos de todos por los suelos. Al menos, parecía que las cosas estaban algo más tranquilas. Hacía días que no caía ninguna bomba en los alrededores y el ejército parecía haber frenado la ofensiva alemana. Se habían ido, o eso era al menos lo que nos querían hacer creer.

Margot parecía estar de muy buen humor ese día. Pareciera que ese periodo de paz relativa le hubiera animado a creer que el fin de la guerra podría estar cerca. Se aproximó hacia mí con una amplia sonrisa y me cogió de la cintura. Con su brazo derecho agarró mi mano izquierda.

– Tenemos que bailar, Lexie. La música siempre lo cura todo. Si la hacemos sonar fuerte, puede que también apacigüe esta guerra. Quizás esos soldados la escuchen, llegue a lo más profundo de sus almas y esto cese definitivamente. ¿No crees que eso sea posible?

– No lo sé, Maggie... – rechacé dubitativa.

– ¡Venga, Lex! – insistió ella, moviendo mi cuerpo de un lado a otro – ¡Con música todo es posible!

Aquella vez le seguí el juego y comencé a mover las caderas al son de la música. Maggie reía. La música sonaba. Y yo no podía dejar de mirarla. Desprendía un halo de luz difícil de observar a simple vista, pero yo podía apreciarlo perfectamente por cómo me hacía sentir a su lado.

De pronto, la canción terminó y el tocadiscos paró la música unos segundos. Maggie y yo nos quedamos frente a frente. Miré sus labios y mi corazón se agitó, comenzó a latir más deprisa. Entonces, Maggie me rozó suavemente los labios con la yema de su dedo y vi claramente lo que allí ocurría. A veces, los sentimientos más intensos son aquellos de los que nadie habla. Pero los sentimientos son sentimientos, hablar de ellos no los convierte en algo tangible, ni hace que sean más reales. Es por ello que, aunque no se expresase con palabras, yo sabía que lo que allí había, era lo más verdadero que había sentido en mi vida.

Su dedo se apartó y dejó paso a sus carnosos labios. Cerré los ojos. Nos deshicimos en un húmedo beso y mi corazón continuaba latiendo con fuerza. Parecía que fuera a desmayarme, pero no lo hice. Seguí allí, en el salón, respondiendo a Margot en ese idioma que solo nosotras entendíamos.

– ¿Crees ahora que con la música cualquier cosa

puede ocurrir? – preguntó Margot al terminar, tras abrir de nuevo los ojos.

– Es posible.

No podía dejar de sonreír. Pese a las desastrosas circunstancias que nos rodeaban y a no ver el fin de la guerra demasiado cerca, vivir con Margot al lado lo hacía todo completamente diferente. Sabía que era afortunada de tenerla conmigo.

Ella se sentía sola durmiendo en la cama donde solía hacerlo junto a Callum, así que aquella noche me pidió permiso para trasladarse a mi cuarto. Yo se lo concedí encantada. Quizás así, tampoco yo me sentiría tan sola.

– Lexie... – susurró ella en la penumbra. – ¿Estás despierta? – investigó con un leve tono de voz.

Abrí los ojos y di media vuelta para colocarnos frente a frente.

– Gracias – pronunció con gesto melancólico.

– No tienes que dármelas. ¿Acaso tú no harías lo mismo? Estoy segura de que harías mucho más. Maggie, ¿crees que esto acabará algún día?

Estoy segura de ello. No podemos vivir en guerra eternamente. No es propio de la condición humana. Desde luego, alguien que no concibe otros recursos para lograr lo que quiere que la violencia, es que realmente sabe que carece de posibilidades para conseguirlo de cualquier otro modo lícito. Pero saldremos de esta, Lexie. Lo haremos juntas. Saldremos adelante y le contaremos a nuestros nietos lo que fue vivir un periodo tan horrible, para que ellos no sean capaces de permitir que vuelva a suceder.

La primera mañana que desperté a su lado fue como visitar el paraíso. Abrí los ojos, di media vuelta y lo primero que vi fue a ella. Vi su angelical rostro junto a mí. Incluso dormida, Maggie irradiaba una luz inusual, como si de un ángel se tratase. Examiné su pelo, tan liso y tan rubio. Lo rocé con mis dedos y pude notar su extrema suavidad. Contemplé sus piernas, largas y estilizadas, aunque aun así fuera más baja que yo. Su ombligo asomaba bajo una blusa blanca. No pude continuar mi recorrido, porque sus ojos llamaron poderosamente mi atención. Margot despertó y no pude apartar la vista de su mirada esmeralda, siempre acompañada de una enorme sonrisa. Imité su gesto inconscientemente.

– ¿Has dormido bien?

– Sí – mentí. Lo cierto es que no había podido conciliar el sueño hasta bien entrada la noche, pero ella no era el motivo de mi desvelo, así que no tenía por qué decírselo y hacerle sentir culpable. Solo lograría preocuparla.

Se acercó a mí, apoyó la cabeza en mi pecho y colocó su mano sobre mi ombligo.

– Mientras estemos juntas, todo saldrá bien. Deseo con todas mis fuerzas que esta guerra termine, pero no me importa nada lo que pueda ocurrir. Que venga lo que tenga que venir, mientras sea a tu lado.

Me preparé un baño caliente. Necesitaba evadirme un rato de toda aquella situación. Introduje un pie en la bañera para comprobar que estuviera a la temperatura adecuada. Me sumergí en el agua, que solamente cubría dos palmos de la bañera. Dejé caer mi cabeza sobre el borde y cerré los ojos. No podía oír nada. No quería oír nada. El silencio se apoderó de la estancia. Pese a que Margot y los niños estaban fuera, a solo unos metros de donde me encontraba, lo cierto es que me introduje un rato en un mundo donde no era capaz de escuchar a nadie más.

Percibí entonces un ruido que me sacó de mi fugaz estado de paz. Alguien llamó a la puerta y pedí que pasaran. Margot entró sigilosamente en el aseo.

– Disculpa, Lexie. No quería molestarte. Los niños ya se han dormido. ¿Puedo quedarme aquí contigo?

– Claro – acepté sin dudar.

Maggie tomó asiento en el suelo, junto a la bañera. De frente a mí, esbozó una sonrisa y se quedó allí observándome, apoyada en el borde de la bañera.

– ¿Estás relajada? – me preguntó poco después.

– Sí, lo estoy – afirmé.

– Yo también necesito relajarme.

Miré a Margot y su sonrisa fue toda la respuesta que requería. Se puso en pie, se despojó de su ropa y se introdujo conmigo en la bañera. De frente, la una a la otra, nos acercamos aún más, de modo que nuestros cuerpos encajaban perfectamente. Maggie comenzó a besarme el cuello y el vello se me erizó. Después, se acercó a mi boca y jugó con ella durante unos minutos. Me besó, me mordió suavemente, pasó su lengua por mis labios y cada gesto que hacía se tornaba más erótico para mí. No podía contenerme, estaba realmente excitada. Me dejé hacer y Margot dirigió cada uno de mis movimientos.

Rato después, salimos de allí y nos tumbamos sobre la cama, exhaustas. Ambas nos quedamos dormidas hasta que los llantos de Annette nos despertaron.

– Yo me encargo – propuse, levantándome rápidamente de la cama.

Me acerqué al cuarto de los niños y vi a Annette sollozando en la cuna. Me acerqué a ella y me senté a su lado. Con los brazos dentro de la cuna, acariciaba su cabello para que se quedara tranquila y pareció funcionar. Se relajó tanto, que volvió a quedarse dormida minutos después. Mientras acariciaba su pelo, no pude sino recordar el de su madre. Rocé su piel con mis dedos y me pareció tocar a Maggie. Sonreí recordando su rostro y volví a mi habitación para poder verlo con mis propios ojos. Quería tocarla de nuevo. Quería estar junto a ella.

Capítulo 22

9 de abril de 1943

Maggie me despertó aquella mañana con tiernas caricias. Cumpliría veintitrés años ese mismo día y, pese al ambiente bélico en el que nos encontrábamos, no se me ocurría una mejor manera de celebrarlo que junto a ella.

Se acercó sigilosamente a la cama, donde yo aún dormía. El primer roce de su piel con la mía me despertó en un instante, pero intenté no moverme. Abrí los ojos lentamente, pero ella no podía verme. Recorrió con su mano cada centímetro de mi brazo. Después, pasó a la cintura. Destapó la sábana que cubría mi cuerpo y todo él quedó al descubierto. Entonces se tumbó junto a mí y me dijo:

– Sé que no estás durmiendo, Lexie. Puedo notarlo por tu respiración.

Di media vuelta y, frente a frente, nuestras miradas se encontraron y nuestras sonrisas se dieron los buenos días.

– No hagas ruido. Los niños van a despertarse – me quejaba yo, precavida.

– Los niños duermen plácidamente. No van a enterarse de nada – me aseguraba ella para mi tranquilidad.

Acaricié su rostro, para poder notar yo también su piel suave. Comenzamos a besarnos. Margot se colocó sobre mí, mientras seguía llenándome de besos. Se deshizo de su camisón y volvió a centrarse en mis labios. Poco después, también se deshizo del mío. Me besó primero los labios, después el cuello y continuó recorriendo cada centímetro de mi piel con su boca, en dirección sur. Hizo una pequeña parada en mis senos, antes de tomar de nuevo rumbo a algún lugar más cálido. Allí, se estableció durante unos minutos que no pude contabilizar.

No podía controlar mis pensamientos, ni el modo en que mi cuerpo se movía. Solo podía sentir. Un enorme placer recorrió súbitamente mi cuerpo y agarre las sábanas para contener un grito que, sin duda, hubiera despertado a los niños. Margot me provocaba un enorme placer con cada movimiento, así que yo también tenía que ser generosa con ella. Acaricié su rostro suavemente, después bajé un poco más y jugué con la cueva que formaba su ombligo. Continué bajando, jugando con su cuerpo. Ella cerró los ojos y se dejó llevar.

Terminamos abrazándonos, las dos solas, sobre aquella cama en la que pensaba descansar con mi marido tan solo unos años antes. Aquel, fue el mejor regalo de cumpleaños que recuerdo haber recibido jamás.

– Maggie, ¿crees que Abbie estará bien? – pregunté tratando de cerciorarme de que, los malos pensamientos que a veces me invadían por la desesperanza, no eran reales. – ¿Crees que aun seguirá viva?

– ¡Claro que sigue viva! – afirmó Margot tajante. – Estoy segura de ello. ¿Acaso no conoces a tu hermana? Abbie es demasiada mujer para rendirse ante cualquiera. Y apuesto cuanto tengo a que también estará a salvo. Una guerra no es fácil para nadie, pero si alguien puede con ella, esa es tu hermana. Supe que era especial desde el primer día que la conocí.

– ¿Aún recuerdas ese día?

– ¡Claro! Fue el mismo día que te conocí a ti. Te acompañé a casa con algunos víveres que habías adquirido. Abbie y Callum estaban esperándote aquí. Fue un buen día, pese a conocer lo que nos esperaba en adelante. ¿Sabes? Debo confesar que cuando nos conocimos por casualidad aquella mañana, Lexie, jamás hubiera imaginado estar aquí contigo, de este modo. Jamás hubiera conseguido adivinar lo importante que te convertirías para mí. No tenía ni la más mínima idea realmente – confesó Maggie tumbada junto a mí.

– Tampoco yo lo hubiera imaginado. Jamás hubiera concebir algo así. No hubiera podido figurármelo. Si mamá llegara a enterarse...

– ¿Qué ocurriría si llegara a enterarse?

– Creo que me mataría con sus propias manos.

– ¿De veras crees eso? Es tu madre Lexie. ¡Eso es imposible! De todas formas, ahora tampoco importa. Estamos solas, tú y yo. Así que no debes preocuparte por nadie. Quizás esta guerra acabe teniendo también su lado bueno.

– Tú no crees que estamos haciendo nada malo, ¿verdad, Maggie? ¿Crees que el señor podrá perdonarnos?

– No, nada de eso. No estamos haciendo nada malo, Lexie. No podemos controlar los sentimientos, del mismo modo que no elegimos por quién surgen. Si Dios nos ha dado esta oportunidad, no creo que le enfade que la hayamos aceptado.

– Pero esto... Yo no sabía que podía ocurrir.

– Puede ocurrir y, de hecho, ha ocurrido. No lo pienses más, Lexie. No podemos controlarlo todo y enamorarse es una de las cosas que menos deberíamos querer controlar.

– Pero, Henry... Yo quiero a mi marido, Maggie. Aun le quiero.

– Claro que sí. Yo también quiero a Callum, pero ellos no están aquí, Lexie. Solo estamos nosotras, tú y yo. Jamás había sentido algo así, para mí también es extraño. Pero creo que amar es lo más bonito que puede hacer un ser humano y más aún en un contexto como este. Me da esperanzas imaginar que puedan brotar sentimientos tan bonitos entre nosotras, en un mundo que ha terminado por corromperse. Trae luz a mi alma y me invita a imaginar que aún pueden ocurrir cosas buenas. Quizás esto pueda terminar pronto.

– Quizás.

Capítulo 23

Septiembre de 1943.

La camioneta paró bien entrada la tarde en algún lugar del país y pisamos finalmente tierra firme. Hacía ya varias jornadas que habíamos traspasado la frontera con Polonia y vagábamos a la deriva en una mugrienta camioneta, sin apenas probar bocado desde hacía semanas, con los ojos vendados y sin saber a dónde nos dirigían. Los soldados alemanes estaban jugando con nosotros. Llevaban semanas haciéndolo y parecían estar divirtiéndose bastante, por lo que no creía que sus juegos cesasen pronto. Solo existía una única razón por la que aún nos mantenían con vida: torturarnos.

Nos arrancaron las vendas, dejando nuestros ojos al descubierto y la luz nos cegó repentinamente. Si bien no era demasiado intensa a esas horas, tras varios días a oscuras, el más mínimo halo de luz hubiera hecho que nuestros ojos se quemaran. Me llevé apresuradamente las manos a la cara, tratando de zafarme de la molesta claridad. Intentaba reconocer a alguno de mis amigos, cuando un soldado me propinó una violenta patada en el trasero que me hizo caer de bruces en el interior de una cabaña. Junto a mi cabeza había unas botas mugrientas. Me reincorporé, intentando alzar la mirada para averiguar de quién se trataba. Si bien la nueva estancia estaba en penumbra en comparación con la luz que provenía del exterior, me costó enfocar la cara del general de uniforme. Mis ojos aún no se habían hecho a la claridad de allí afuera. No sabía dónde estaba, ni con quién y tampoco sabía lo que aquellos impresentables pensaban hacer con nosotros, pero imaginaba que nada bueno se les podía ocurrir. Traté de analizar la situación. Mientras yacía tirado en el suelo, pude oír algo pronunciado por el soldado que me había empujado hacia el interior minutos antes.

– Briten, Leutnant! – avisó al general al mando después de que algunos de mis compañeros cayeran al suelo junto a mí.

No conocía una sola palabra de alemán, pero pude comprender que acababa de anunciarle que el enemigo que tanto ansiaban recibir, había llegado.

Aunque lo intenté, no pude descifrar el comportamiento de aquellos hombres. El general salió después de susurrar algo al oído del soldado que parecía estar al mando. No dejaban de sonreír. Entonces, un tercer soldado entró también en la sala junto a un grupo de cinco mujeres. Parecían asustadas, pero todas entraron por su propio pie, sin ningún tipo de coacción sobre ellas. El último soldado las colocó en un extremo de la habitación y a nosotros seguidamente frente a ellas. Uno de nosotros frente a cada una de las cinco mujeres.

– Los! Such dir eine aus und fick sie!– ordenó de manera tajante a uno de mis compañeros mientras señalaba a las féminas.

No sé qué fue lo que dijo, pero le empujó hacia una de las chicas. Ella dio media vuelta, se subió la falda y bajó su ropa interior hasta el suelo, dejando su trasero completamente al descubierto. El soldado alemán también se deshizo de su uniforme, dejando su miembro a la vista de todos. Cogió a la mujer por la cintura y... ¡Oh, Dios!

Los! Mach schon, verdammt! — espetó el alemán para que otro de mis compañeros copiase su comportamiento.

Este hizo exactamente lo que le ordenaban. Brett, que estaba a su izquierda tuvo que hacer lo mismo, pero interpuso mayor resistencia. Entonces, el soldado alemán le propinó un golpe en la espalda y mi amigo, con muestras de dolor, repitió el mismo gesto que nuestro primer compañero. Entonces llegó mi turno, pero yo no podía. Ni siquiera estaba preparado físicamente para poder hacerlo. Así no podía.

– ¡No! ¡No lo haré! ¡No puedo hacerlo! – grité con fuerza, como si así fueran a entenderme.

El soldado alemán comprendió perfectamente lo que ocurría, pese a no tener cara de entender una sola palabra de mi idioma y me propinó un fuerte golpe en la entrepierna. Me retorcí de dolor y, mientras caía de rodillas sobre el suelo, volvió a propinarme un nuevo golpe en la nuca que me hizo perder la consciencia durante un tiempo. Ni siquiera pude darme cuenta de cuánto fue.

Cuando desperté, estaba en un rincón apartado de la habitación. Yacía en el suelo, completamente desnudo y con varios moretones en el cuerpo. Unas cortinas que colgaban del techo me separaban del resto de mis compañeros, pero aún podía ver como mantenían relaciones con aquellas pobres mujeres.

Dos soldados alemanes me custodiaban y una chica semidesnuda se mantenía de pie frente a mí. Miré su rostro, no debía tener más de quince años. Su pelo rubio estaba alborotado, como si acabara de despertarse de una larga siesta, pero estoy seguro de que no era eso lo que le había ocurrido. Semiparalizada, me miraba temerosa y trataba en vano de taparse el cuerpo con sus pequeñas manos. Apenas me dio tiempo a pensar en lo que hacer, cuando la chica se tiró desesperadamente de rodillas frente a mí y se me abalanzó con la boca abierta. Traté de deshacerme de ella como pude, pero oponía resistencia y agarraba mi miembro con fuerza. Miré a mí alrededor, los dos soldados alemanes comentaban algo entre sí, que obviamente no entendí, pero no parecían muy contentos por la situación. Seguramente, los acontecimientos no se estaban dando como esperaban. Volví a ponerme de pie en la misma esquina donde me desperté minutos antes, apoyando la espalda contra la pared para ayudar a levantarme y la chica se incorporó también. Trató nuevamente de abalanzarse sobre mí, pero intenté una vez más oponerme, apartándola de mí. Nuestras miradas se encontraron. Pude ver el miedo reflejado en ella y la desesperación más profunda. Creo que si no lo conseguía, ellos iban a castigarla de alguna feroz manera, si es que acaso existía peor castigo que aquel. Pero yo no podía ayudarla. Mi cuerpo se había paralizado por completo, de los pies a la cabeza. Creo que en ese momento, mi mente era más poderosa que mi cuerpo y mandaba órdenes directas y muy claras sobre él. No podría hacer nada para ayudarla aunque quisiera.

– ¡Haz lo que te ordenan, Henry!– escuché a Brett, que se dirigía a mí desde la otra punta de la habitación, mientras seguía manteniendo relaciones junto a mis compañeros con una de las chicas. – ¡Hazlo, por favor!

¡Haz todo lo que te piden!

Entonces, uno de los soldados corrió bruscamente la cortina para que mi amigo no pudiera verme y un nuevo miembro apareció al grito del primero. Se hizo hueco pese a la cortina, agarró a la chica violentamente por el pelo y se la llevó de muy malas maneras. Temí por ella, no sé dónde la llevarían. Apenas me dio tiempo a seguirla con la mirada cuando los dos soldados que me escoltaban me agarraron con fuerza, me tiraron nuevamente al suelo y me dieron la vuelta violentamente. Mientras uno de ellos me colocaba rudamente boca abajo, con la cabeza aplastada contra el grasiento suelo, el otro se deshizo de sus pantalones. Los sentí caer junto a mi cabeza. Entonces, sentí un inmenso dolor que me penetró hasta lo más profundo del alma. El soldado me mantuvo de aquella manera durante seis largos minutos y no pude hacer nada contra los kilos de más que pesaba. En las últimas semanas, apenas había podido probar bocado y no tenía fuerzas para moverme bajo aquella mole. Sentí de nuevo aquella punzada penetrándome varias veces más, como si alguien estuviera sesgándome con una espada. Vomité en el suelo junto a mi cabeza. Su compañero esperaba ansioso su turno junto a impetuosos vítores. Y después vendrían tres soldados más. Cuando estaba demasiado exhausto como para mantener la compostura, un nuevo soldado me agarraba la cadera y me levantaba violentamente por el estómago. Perdí de nuevo el conocimiento, ni siquiera recuerdo el momento exacto en que eso ocurrió. Cuando desperté, estaba rodeado de sangre y mi propio vómito me cubría la cara.

Cada uno de los prisioneros fuimos violados cinco veces aquella noche y cada noche después de ella, hasta que nos trasladaron a otro campo semanas después. Aquello, sin embargo, nunca fue un mero acto sexual. Sino uno violento, nacionalista y político. Era tan solo una representación de los roles de poder. Era una manera de recordarnos quién mandaba allí. Aquellos alemanes podían hacer lo que gustasen con nosotros y no podríamos hacer nada para impedirlo.

Mi madre siempre mencionaba una frase de Leon Tolstoi que decía que la fe es la fuerza de la vida y era lo único que nos mantenía vivos, creer en que algún día nos liberarían y podríamos volver de nuevo a casa junto a los nuestros. Vivos.

Jamás le contaría nada de eso a Lexie. Ella no podría conocer ni una sola de las acciones que allí ocurrieron. A menudo, las esposas que descubren que sus maridos han sido violados, deciden abandonarlos. No quería contárselo. No podía permitir que Lexie pensara que no era un hombre de verdad. Después de todo, estaría en lo cierto. Si había perdido la dignidad y no había sido capaz de evitar aquello, ¿cómo iba a ser capaz de protegerla a ella? Jamás podría enterarse de nada de lo que allí ocurrió, porque lo cambiaría todo. De hecho, lo hizo. Me cambió a mí.

Capítulo 24

11 de junio de 1944

Los siguientes meses fueron bastante duros, aunque tal vez no más que todos los anteriores. Llegaron a nuestros oídos pésimas noticias acerca del padre de Margot y de su hermano Pierre, el segundo. No pudimos confirmar de manera alguna si dichos rumores eran o no ciertos, pero la muerte de sus familiares dejó a Maggie devastada durante semanas. Finalmente, se percató de que debía ser fuerte por nosotras y, sobre todo, por los niños. Así que trató de sacar fuerzas de donde no existía.

Cuando parecía que las cosas se habían normalizado en cierto modo, aún no teníamos idea de lo terrible que podía tornarse la situación todavía. Nos esperaba una jornada difícil de narrar e imposible de borrar de la memoria.

25 de octubre de 1944

Concluíamos el mes de octubre de un triste 1944. Llevábamos cinco largos años de guerra y aún seguía latente entre nosotros. El miedo se había apoderado del vecindario, que nada tenía que ver con aquel en el que comencé a vivir con Henry y Callum. Todo se había tornado diferente. Algunos edificios habían sido derruidos, la gente apenas salía a la calle y si lo hacían, no intercambiaban más de tres palabras con los demás. Ni siquiera el ambiente era el mismo. Recuerdo cuánto me gustó la atmósfera alegre y jovial que se veía alrededor cuando visité la zona con Henry por primera vez. Pero una guerra lo cambia todo y entonces, nada de eso quedaba en pie.

Una mañana de finales de octubre, alguien llamó misteriosamente a la puerta. Nadie podía haber venido a vernos. Me entró curiosidad por saber quién podría ser.

– ¿Sí? – respondí cautelosa, tras tornar levemente la puerta.

– Buenos días. ¿Se encuentra en casa la señora Margot Dupond?

– Sí, ahora mismo la aviso. ¿Quién la busca? – indagué. Acababa de darme cuenta de que llevaba un traje militar. Me quedé mirando ensimismada la insignia que colgaba de su pecho. – ¿Qué ocurre? – pregunté de nuevo.

– ¿Se encuentra ella en casa? – repitió el caballero,

esta vez con algo más de fuerza.

– Sí, disculpe.

Acudí a avisar a Margot, que estaba tan perdida como yo. La acompañé a la puerta.

– Buenos días, señora Dupond. Soy el sargento Powell – se presentó el caballero.

– Buenos días, sargento – respondió ella impresionada.

– Es usted la esposa del soldado Callum Hetfield, de los Estados Unidos de América, ¿me equivoco?

– Así es – respondió Margot, mirándome con preocupación. – ¿Ocurre algo?

– Eso me temo. Vengo desde Washington para transmitirle nuestro más sincero pésame. Su marido cayó hace varios días en Filipinas, a manos de las tropas japonesas. Siento mucho su pérdida, señora Dupond. El ejército norteamericano le agradece...

Margot se llevó la mano a la boca y salió corriendo, dejándome allí pasmada, delante de aquel oficial al que agradecí educadamente la visita antes de su marcha. Me comunicó que el cuerpo sería repatriado a su ciudad de origen, Boston, lo antes posible.

La mañana siguiente, Margot descansaba sobre la cama, con Annette y Jacques jugando alrededor de la habitación. Recostada sobre su lado izquierdo, contemplé su espalda al entrar en la instancia. Me acerqué con cuidado a ella, no sabía si estaría dormida. Nada más entrar, ella misma se giró para comprobar quién era.

– Lexie, perdona. No me encuentro bien desde ayer.

– Es normal. No hay nada que perdonar – le aseguré, mostrándole un trozo de bizcocho. – Sé que te encanta.

– ¡Oh, Lexie! ¿Cómo lo has conseguido? – inquirió cogiendo el bizcocho. – Te lo agradezco mucho, pero no era necesario. No nos queda nada para cocinar, no deberías desperdiciar así los alimentos.

– No es ningún desperdicio. Tú te lo mereces más que nadie. Cogí algo el otro día de casa de la señora Gaynor, ella ya no lo necesitará. Además, unos días a dieta tampoco me vendrán mal – reí, intentando quitarle hierro al asunto. – Mi figura va a agradecértelo – bromeé.

Margot rio ante mi ingenio, parece que le animó un poco. Me encantó ver de nuevo esa sonrisa, la sonrisa que vestía desde el día en que la conocí, pero que en las últimas semanas le costaba mucho más dibujar. Pero en aquella ocasión, ver a Margot sonreír significó mucho más que de costumbre. La sonrisa de la gente herida es aún más bonita, porque sonreír con el corazón roto es mucho más difícil.

Cuando Margot terminó su porción de pastel, volvió a recostarse en la cama. Yo me tumbé junto a ella y la abracé.

– No quiero olvidarme de él, Lexie. No puedo imaginar aún que no volveré a verle nunca más. No sé cómo se hace eso – me confesó mi amiga entre lágrimas. – No puedo creer que vaya a desaparecer así sin más, como si nunca hubiera existido, como si a nadie le importara. No puede ser tan sencillo.

– Callum nunca va a desaparecer. ¿Sabes dónde va a vivir siempre? Aquí – le indiqué señalando su corazón. – Callum es un hombre valiente, que ha dado la vida por su país. Sé que eso no te consuela, pero su muerte no será en vano mientras no le olvides. No desaparece lo que muere, Margot, solo lo que se olvida.

– Nunca voy a hacerlo, pero... No es justo. ¿Por qué él, Lexie? ¿Por qué él?

– Nadie dijo nunca que la vida fuese justa – le respondí antes de darle un beso en la mejilla.

Permanecimos largo rato las dos tumbadas, abrazadas sobre la cama, mientras los niños dormían. No hubo ninguna palabra entre nosotras, ningún ruido, ninguna persona. Solo ella y yo. Abrazadas. Juntas.

La muerte de Callum me entristeció enormemente, pero debía ser fuerte a los ojos de Margot, para que ella pudiera sobreponerse a ello también. Perder a la persona que más quieres, incluso cuando esa posibilidad se hacía latente a diario, era el golpe más devastador que podrían atestarle a cualquiera. Margot era una persona tan alegre, que parecía llevarlo con clase, pero yo sabía perfectamente que por dentro debía estar rota de dolor. Aunque, quizás nadie se salvase de sentir la pérdida de alguien cercano en el contexto de esa horrible guerra que nos rodeaba.

La muerte de mi mejor amigo me hizo reflexionar sobre lo efímero de la vida, sobre el papel que desempeñamos en ella y el viaje que recorremos sin saber cuán largo será. Ahora estamos aquí y, de pronto, desaparecemos. Y lo único importante, no es el tiempo que pasemos en el mundo, sino lo que hagamos con ese tiempo mientras aún disponemos de él.

Miré a Margot a los ojos y me percaté de que, aunque las personas vivamos a miles de kilómetros unas de otras o nos interesen cosas diferentes, a pesar de que hablemos un idioma distinto o nos vistamos con otras prendas, todos experimentamos las mismas emociones y nos preocupamos por mantener lo único que, si se nos arrebata, ya no puede sernos devuelto: la vida. Y a todos nosotros nos desgarra el corazón ver cómo nuestros seres queridos, quienes quiera que sean o el nombre que aparezca en su pasaporte, muere.

– Es esto, Lexie – pronunció Margot, con su verde mirada clavada en mí.

– ¿Qué? – pregunté extrañada.

– Cuando te conocí me preguntaste qué era para mí la felicidad y no supe contestarte. Llevo intentando responder a esa pregunta desde entonces. Y ahora lo sé. Es exactamente esto. Simplemente estar a tu lado, me hace la mujer más feliz del mundo, Lex. Espero poder estarlo siempre, porque contigo todo es más sencillo. No podría haber pasado por todo esto de no haber sido por ti, de no haberlo vivido a tu lado.

– Margot, yo voy a estar contigo siempre. No voy a dejarte sola, ¿de acuerdo? Pase lo que pase, mientras nos mantengamos juntas, todo irá bien – confesé, dándole un suave beso en los labios.

– Eres la mujer más bella que he conocido jamás, Lexie – me confesó Margot. – Y no estoy hablando de tu piel sedosa, ni de tus brillantes ojos marrones, ni tampoco de tus suaves manos. Me refiero a algo que no se puede percibir solo con los ojos, sino con el corazón.

Aquellas palabras se instalaron en lo más profundo de mi alma. Sentí que eran honestas, sentí que eran reales y me hicieron ver el amor que había crecido en Margot hacia mí durante todo ese tiempo. Comprendí que el amor que habíamos desarrollado la una por la otra, era mucho más que una simple amistad.

Me perdí en su esmeralda mirada y descubrí algo que quizás no había visto hasta entonces. A veces, encuentras en un instante lo que sabes que buscarás durante el resto de tu vida.

– Necesito que te quedes conmigo – le pedí. Ella se giró, me miró a los ojos atónita y esperó a que prosiguiera, como si realmente le interesase lo que tenía que contarle. – Necesito que permanezcas a mi lado, que nunca me abandones. No quiero tener que decirte adiós a ti también, Margot – admití sollozando. – Siempre acaba ocurriendo lo mismo, siempre sucede así. Cualquier persona a la que he querido incondicionalmente a lo largo de mi vida, ha acabado yéndose de mi lado. Siempre me dejan. Por favor, Maggie, no me dejes nunca.

– No lo haré, Lexie – aseguró ella. Me dio un beso en la mano con que le rodeaba y nos deshicimos en besos. Volvimos a permanecer acostadas durante un tiempo.

Las dos solas.

– Es una historia entrañable – comenta Mollie.

– ¡Es preciosa! – añade Kara. – ¡La historia de amor más bonita del mundo!

– Y la más triste – aporta Stella por su parte.

– ¿Está llorando, señora Miller? – pregunta Mollie contemplando el rostro de la anciana con lágrimas en sus ojos.

– Lo siento. No pretendía llorar...

– No tiene que disculparse por nada – asegura Stella. – Le traeré un pañuelo – indicó levantándose a por él.

– La guerra aún continuaría, ¿verdad? – investiga Mollie.

– Eso me temo – admite Rose Miller.

Capítulo 25

Noviembre de 1944.

Nos atraparon. Estábamos a merced suya. Nos trataron como esclavos, como animales. No mostraron ningún tipo de sentimiento, ni de empatía hacia nosotros.

Cada uno de ellos nos maniató a uno de nosotros, soldados del ejército de Reino Unido. Brett y yo salimos escoltados hacia el exterior. Aún no habíamos llegado al lugar donde se encontraba el resto, cuando noté un fuerte golpe en la cabeza y caí al suelo de golpe. Perdí el conocimiento durante un rato, no pude calcular exactamente cuánto. Volví en mí y traté de enfocar dónde estaba. Tarde unos segundos y me pusieron de pie a golpes. Nos separaron del resto del grupo, a quienes dirigieron por unos estrechos pasillos. A Brett y a mí nos dejaron un rato allí de pie, vigilados atentamente por cinco soldados del ejército alemán.

Luchaba por mantenerme en pie, pero estaba débil y mis

piernas temblaban como si de dos ramas se tratase. Además, el golpe en la cabeza me había dejado algo aturdido. Al cabo de un rato, uno de ellos golpeó a Brett en las piernas con su metralleta. Al tener las manos atadas sobre la nunca y contando que llevábamos seis días sin apenas comer, el golpe le hizo caer de bruces contra el suelo. Debió romperse el labio o algún diente, porque empezó a brotar mucha sangre de su boca; sin embargo, nadie hizo nada por ayudarle. De hecho, uno de ellos soltó una carcajada, como si de algo divertido se tratase. Le obligaron a arrodillarse de muy malas maneras, propinándole un par de golpes en la espalda. Traté de socorrerle, pero noté un golpe con un arma a la altura de las costillas y solté un gemido incontenible. Inmediatamente después, alguien tras de mí me propinó una patada en las rodillas y caí también junto Brett, pero yo logré frenar la caída y me coloqué de rodillas, imitándole. Miré a Brett de reojo y pude ver a un tipo valiente, pude ver a mi amigo dando la cara por su país. Los soldados hablaban entre ellos alrededor de nosotros. No sé lo que decían, porque hablaban en alemán, pero de vez en cuando nos miraban y se carcajeaban.

Algo de todo aquello no me daba buena espina. Era una sensación extraña, puede que fuera la última vez que Brett y yo nos viéramos. Antes siquiera de concluir mis pensamientos, el sonido de un disparo sonó junto a mí y vi a Brett caer al suelo. Yo allí, con las manos sobre la nuca, a su lado, no pude sino gritar y dirigirme hacia él. Le toqué la cara como pude, ya que mis manos seguían atadas. Vi su mirada, sus ojos verdes se dirigieron a mí y su boca intentó decirme algo, cuando un segundo disparo volvió a caer sobre él. Pero este no fue aislado, sino que vino seguido por un tercero y un cuarto y así, unos cuantos más. Como si quisieran asegurarse de haber concluido bien su tarea. Grité junto a él, abrazando su espalda. Miré hacia arriba y vi a un soldado dirigirse hacia mí. Me gritó algo en su idioma, algo que no pude entender, pero imagino que me diría que me apartase de ahí, porque de una patada me devolvió a mi sitio, donde había estado arrodillado justo antes de que mataran a Jeremy Brett. Traté de incorporarme, pero uno de los soldados me pateó la espalda para que me tendiese en el suelo, exactamente como Brett y se dirigió hacia donde estaba apoyada mi cabeza. Intenté incorporarla para poder ver qué iba a hacer, pero me pisó la cara contra el suelo y no pude moverla. Me hizo tragar polvo.

Mientras el soldado me aprisionaba la cara contra la arena, sentí algo líquido recorriendo mi cuerpo y, de nuevo, varios soldados hablando entre ellos a mi alrededor. Parecían estar rodeándome, pero no podía comprobarlo. Entonces, pude averiguar de qué se trataba. Sentí un líquido caliente correr sobre mi cara y pude evidenciar que era orín. Los soldados estaban meando sobre mí, mientras hacían comentarios en alemán y se reían. El fuerte olor me provocó arcadas y me entraron unas intensas ganas de vomitar. Parecían estar divirtiéndose mucho. Cerré los ojos y esperé. Pensé en Lexie, en su cabello, en su mirada, en sus abrazos. Pensé en todos los besos que ya no nos daríamos y todos los planes que no podríamos cumplir. Pensé en su larga espera por estar a mi lado, ahora se tornaría eterna. Pensé en mi familia y en mis amigos. Pensé en Callum y me pregunté si seguiría vivo. Pensé en Theo, en Gus, en Paddy. Y sobre todo, pensé en Brett, que yacía postrado inerte a mi lado. Pensé en todas las cosas que había hecho en mi vida y más aún en todas las que aún no había vivido. Y esperé. Esperé a que una bala, o más de una, atravesaran mi cuerpo como habían hecho con mi amigo apenas unos segundos antes y acabaran con todo aquello. Todo acabaría como una maldita pesadilla y por fin podría terminar. Esperé y esperé.

Probablemente no transcurrieran más de cinco minutos, pero a mí me pareció una eternidad. Entonces, uno de ellos me levantó como un saco y me dirigió a patadas hacia una diminuta habitación en penumbra, donde solo unos minúsculos tragaluces dejaban pasar algo de luz. Estaba ya ocupada por algunos de mis compañeros, que apenas tenían espacio para moverse. A duras penas, caminé entre ellos y me dirigí al fondo del cuarto. Me dejé caer al suelo, tomé asiento entre ellos y me apoyé en la pared. Parecía que fuera a desmayarme de un momento a otro, ya no tenía apenas fuerzas. Me entró un sueño intenso y mis ojos comenzaron a cerrarse poco a poco. No creo que fuera buena señal, pero no podía evitarlo. En ese preciso instante, con los ojos entornados, pude reconocer una voz muy familiar.

– Henry – escuché. A duras penas abrí los ojos y pude alcanzar a ver a Paddy.

– ¡Paddy! ¡Gracias a Dios! – exclamé algo aliviado. Ver de nuevo a mi amigo después de lo que acababa de presenciar, era lo mejor que me podía pasar.

– ¿Estás bien? – preguntó él con gesto de preocupación. – Tienes la cara muy pálida.

– No, no me encuentro demasiado bien – admití. – ¿Lleváis todo el tiempo aquí?

– Sí – contestó él. – Unos soldados nos dirigieron hasta aquí a patadas desde la otra sala y nos encerraron. No tengo ni idea de lo que dijeron, porque no les entendí; pero deduzco que no fue un «sentaos ahí, por favor». Os perdí de vista, no sabía qué habrían hecho con vosotros.

– Brett está muerto – informé, enjugándome los ojos con la palma de las manos. Aún permanecían atadas. – Le han fusilado.

– ¡Dios santo! ¿Y tú? ¿Qué han hecho contigo, Henry?

– No sé por qué no me han matado a mí también. Pensé que también acabarían conmigo – confesé con rabia. – Solo se han dado un festín y han orinado sobre

mí, pero no sé por qué le han matado solo a él. ¡Tenían que haberme matado también a mí!

– No digas eso, Henry. Pude detectar el olor a orín en cuanto me acerqué a ti, pero pensé que habías sido tú mismo. Yo llevo once horas sin ir al retrete. ¡No aguanto más! Creo que acabaré haciéndomelo encima a riesgo de las enfermedades. ¡Uno ya no sabe qué es peor!

– ¿Y Gus? – me preocupé por mi otro amigo. – ¿Has podido verle?

– Se le han llevado a otra habitación con el resto de soldados. No pudimos quedarnos juntos, nos dirigieron hacia aquí en masa y cuando miré hacia atrás, ya nos había separado en dos grupos. Pude verle, pero no acercarme a él. Había demasiada gente. Me estoy agobiando un poco, Henry. Somos demasiados aquí dentro – indicó Paddy tratando de aflojarse el cuello de la camiseta.

– Sí, esto es realmente angustioso. ¿Qué crees que van a hacer con nosotros, Paddy?

– Somos prisioneros de guerra, Henry. ¿Acaso no está claro lo que van a hacer? Nos torturarán cuanto puedan para demostrar su superioridad y acabarán con nosotros. Uno por uno.

Nos quedamos allí recluidos durante más tiempo del que puedo recordar. Un rato después, caí de puro agotamiento. Dormía profundamente cuando tú apareciste en mis sueños. Soñé con tu rostro, con tus cabellos castaños. Soñé que volvía a verte, Lexie.

Durante las interminables horas que permanecí en aquella minúscula y mugrienta habitación, no dejé de pensar en ti ni un solo segundo. Pensé en cómo sería volver a verte, sentir tu piel de nuevo, besar tus labios una vez más. Y te añoré profundamente. Añoré cada una de tus manías y de tus miedos y añoré más aún los días en que estabas de mal humor y se te pasaba cuando yo te ponía un poco de música y te hacía bailar. Deseé volver a todo eso, a tenerte cerca, a estar juntos en Liverpool. Deseé que volviera todo aquello y de pronto, darme cuenta de que toda esta guerra no había sido más que una pesadilla.

– ¿En qué estás pensando? – me preguntó Paddy sacándome de mi ensimismamiento.

Le miré volviendo en mí y pensé en la respuesta unos segundos.

– Estoy pensando en Lexie – acepté. – Echo mucho de menos a mi mujer, Paddy. Y mi casa, mi familia. Echo de menos todo lo que no tenga que ver con esto. Echo de menos no estar ahí.

– Lo sé, Henry. Yo también echo de menos a Betty. Pero tenemos que creer para poder salir de esta y volver a rencontrarnos con ellas.

Nuestras miradas se mantuvieron la una fija en la otra durante unos segundos. Eché un vistazo a mi alrededor, no estábamos solos allí. Vi a todos aquellos soldados, encerrados en un cubículo diminuto, tratando de mantener viva la esperanza, o el último resquicio que quedara de ella. No podía alcanzar siquiera a contar cuántos había allí y la estancia no mediría más de cuatro metros cuadrados. Todos ellos tenían una historia detrás, todos tendrían a alguien esperándoles en casa, todos estarían deseando volver a sus hogares tanto como nosotros. Todos estábamos en la misma situación, pero ni siquiera eso me consolaba.

– ¿Alguna vez te has sentido tan solo estando rodeado de tanta gente? – le pregunté a mi amigo.

Capítulo 26

Agosto de 1945.

Me desperté tosiendo, con la boca llena de polvo. Se me había metido hasta el esófago. Aturdido, abrí los ojos poco a poco, tratando de adaptarlos a la luz que decoraba el día. Veía algo borroso, así que me froté los ojos con la intención de aclararlos. Traté de nuevo de enfocar el lugar donde estaba y averiguar qué era lo que había ocurrido. Un pitido intenso resonaba en mis oídos sin cesar. Los tapé con fuerza intentando que se extinguiese, pero se mantuvo durante un tiempo. Palpé el suelo con las manos mientras el terrible estruendo ensordecía mis oídos, tratando de ubicarme. De pronto, recordé dónde estaba. Luchábamos contra las potencias del Eje en algún lugar de Italia, cuando un par de misiles cayeron muy cerca de nosotros. Entonces, perdí la conciencia y me desmayé. Lo siguiente que recuerdo ya fue despertarme en medio de aquel caos.

Miré a mi alrededor y vi a mis compañeros esparcidos

por el terreno. Algunos de ellos gemían, otros gritaban. Algunos se movían y otros yacían inertes. Vi a algunos de ellos con miembros amputados y a otros semienterrados en la arena. A otros ni siquiera podía identificarles. Decenas de soldados tendidos en el suelo me rodeaban, pero yo solo podía buscar a uno. Solo podía concentrarme en localizar a uno de ellos.

Busqué desesperadamente a Paddy entre todos aquellos hombres. Grité su nombre mientras deambulaba por aquel inestable terreno, tratando de encontrar a mi amigo aún con vida. De repente, le vi y me acerqué a él con apremio. Me dejé caer sobre mis rodillas y pude comprobar que Paddy aún seguía vivo. Le sostuve entre mis brazos e hice esfuerzos por que se mantuviera alerta.

– ¡Paddy! ¡Eh, Paddy! – grité, sosteniendo a mi amigo.

– Henry... — balbuceó él con los ojos entrecerrados.

– ¡Ey! ¡Ey, Paddy! ¡Paddy, mírame! – le indiqué zarandeándole. – No cierres lo ojos, ¿quieres? ¡No los cierres, Paddy! – repetí con una leve cachetada en la mejilla. – ¡No cierres los ojos!

– Ha llegado mi día, Henry. Sé que lo es – continuó él adormilado. – Gracias por haber sido tan buen amigo. Gracias por haberme enseñado a ser valiente...

– ¡No, de eso nada! ¡Este no es tu día! – le animé mosqueado. – Aún tienes muchas cosas que hacer.

¡Tienes que ver crecer a tu hijo, Patrick Jenner! ¡Tienes que ver crecer a Maurice! Y tienes una mujer que está loca por ti y que está deseando volver a verte pronto. ¡Tienes que aguantar por ellos, Paddy! ¡Tienes que regresar a su lado! – le supliqué, a pesar de ser consciente de que eso no sería posible aunque Paddy saliera de allí con vida.

– ¿Sabes? – continuó haciéndome caso omiso. – Me alegra pensar que, algún día, mi hijo sabrá que su padre murió por defender el honor de su país. Sabrá que era un hombre valiente.

– Muy valiente, Paddy, muy valiente – afirmé. – Por eso tienes que seguir luchando. ¡Aguanta, amigo! ¡Por favor! ¡Por favor, aguanta, Paddy! ¡Tienes que hacerlo!

– Cuida de Gus, Henry. Cuidad el uno al otro y regresad a salvo con vuestras mujeres. Tenéis que hacerlo por nosotros, amigo. Por Theo, por Brett y por mí. ¡Nos los debéis! Regresad a Inglaterra sanos y salvos. Eso fastidiará a los alemanes.

– Lo haremos, descuida. Y tú vendrás con nosotros, Pad – continuaba intentando convencernos. – ¿Me escuchas? ¡Tú te vienes con nosotros! – le gritaba, mientras mis ojos luchaban por contener un charco de lágrimas que se agolpaban en mis párpados. — ¡Así que aguanta! ¡Aguanta un poco, Paddy! ¡Solo un poco más!

– Sois mis mejores amigos, Henry. Me habéis enseñado más acerca de la vida de lo que podría haber

aprendido en cualquier otro lugar. Conoceros ha sido lo mejor que me ha deparado el destino. Pero aún hay una cosa que me queda por hacer antes de irme... ¿Podrías hacer algo por mí, Henry?

– ¡No vuelvas a decir eso, Paddy! ¡Por favor, no lo digas! – le reproché.

– Coge la cadena que cuelga de mi cuello. Cuando regreses, quiero que se la entregues a Betty. Ella sabrá cómo guardarla. Por favor, amigo, cuida de ella. Asegúrate de que sea feliz, aunque para ello tenga que encontrar a otra persona. Eso es lo único que importa. Yo solo quiero que sea feliz. Velarás por ella, ¿verdad? ¿Me prometes que vas a hacer de Betty una mujer feliz? ¿Qué nunca estará sola y que nunca le faltará amor? Prométemelo, Henry. Por favor, prométemelo.

Ni siquiera fui capaz de contestarle. Agaché la cabeza y, sin poder evitarlo ya, una lágrima rodó por mi mejilla hasta caer sobre el semblante de Paddy. Seguí el recorrido que hizo la lágrima y pude ver su pálido rostro. Mi amigo ya no se movía. Su corazón dejó de latir y murió segundos después.

13 de septiembre de 1945

Una nueva carta de Henry llegó a casa avanzado el verano. Corrí rauda a leer lo que contenía.

Querida Lexie:

Paddy cayó anoche.

Una bomba nos derribó. Estaba aturdido y mis oídos ensordecieron por unos instantes. Cuando pude volver en mí y me di cuenta de dónde estaba, le busqué. Busqué a Paddy desesperadamente entre los numerosos cuerpos de mis compañeros que yacían sin vida y le vi tendido a solo unos metros de mí. Aún estaba vivo. Se despidió como si tuviese claro que iba a morir en ese instante. ¡Oh, Lexie! ¡No sabes lo que es que tu amigo muera en tus brazos y tú no sepas siquiera qué decirle, porque también sabes que va a morir, aunque algo dentro de ti luche por convencerte de que aún no va a suceder!

Ya no me queda nada por lo que luchar aquí. Gus y yo estamos solos y a ninguno de nosotros nos quedan fuerzas para continuar. Si esta guerra dura mucho más, no sé si ambos lograremos salir.

Te quiere,

Henry

Algunas lágrimas decoraban el papel. Jamás tuve ninguna duda de lo importante que aquellos chicos habían tornado para Henry. Pero aquel escrito me lo confirmaba. Henry nunca fue de lágrima fácil. Juraría que jamás le había visto derramar una sola, ni siquiera cuando nos despedíamos para que él regresase a la Universidad. Supongo que una amistad que nacía bajo aquel contexto, lo hacía con unas raíces de hierro, incapaces de ser destruidas por nada. Me dio ternura comprobar que el corazón de mi marido también podía sentir esa clase de amor. Y comprendí que en las más desgarradoras circunstancias, es cuando asoman los más bellos gestos de la humanidad.

Margot interrumpió mi lectura. Apareció con Annette y Jacques en la cocina y se interesó por lo que había provocado que varias lágrimas recorrieran mis mejillas sin haberme percatado de ello. Le conté que Paddy había muerto días atrás y ella también lloró pese a que ella, ni siquiera conocía a Paddy.

– Tengo miedo, Maggie. No sé cuándo va a acabar todo esto. ¿Cuándo muramos todos? ¿No va a parar hasta entonces? He perdido a la mitad de mi familia; mi madre, mi hermano Art... Tú también, Margot. Tú también has perdido a tu marido, a tu hermano, a tu padre... Betty, Callum, Pierre, Theo, Brett, Paddy... ¿Quién más? ¿Quién falta aún? – me quejaba sollozando. – ¡No puedo más! ¡Estoy exhausta! ¡No quiero vivir así más tiempo! ¡No puedo hacerlo!

– Claro que puedes, Lexie. Recuerda, mientras nos mantengamos unidas todo irá bien – trató de animarme ella con un abrazo. Sin embargo, sé que comprendía perfectamente lo que sentía, pues ella lo hacía de la misma manera.

– Doy gracias de haberte encontrado, Margot. No sé lo que hubiera hecho sin ti.

– Sí, ha sido una suerte encontrarnos, Lexie. Yo tampoco tengo idea de lo que hubiera sido de mí si no te hubiera tenido a mi lado todo este tiempo. De veras, eres lo mejor que me ha podido pasar. Todo esto está siendo una pesadilla que ojalá nunca hubiera comenzado. Ha destrozado mi futuro y cambiará mi vida para siempre. Aparentemente no hay nada bueno en todo esto, no se puede sacar un lado positivo, porque no existe. Pero yo creo que sí hay algo, Lexie. Creo que hay una lección importante que la vida quería darme. Y después de todo esto, lo bueno es mucho más grande.

– ¿Cómo puedes ser siempre tan positiva, Maggie? ¿Es que acaso hay algo bueno en esta guerra? – pregunté interesada.

– Claro que sí. Lo mejor que me llevo de todo esto eres tú, Lexie – me confesó con un brillo especial en su bella mirada. Se aproximó lentamente a mí. Sin darme cuenta, algo me hizo acercarme también hacia ella, hasta que nuestros rostros estaban a tan solo unos milímetros. Entonces, Margot me agarró del cuello y suavemente, lo acercó hacia sí misma. Nuestros labios se encontraron en un húmedo beso. Jamás olvidaré los besos de Margot. Durante unos segundos, nuestros labios se rozaron y nuestras lenguas juguetearon.

Cuando el movimiento cesó, abrí los ojos y una última lágrima cayó por mi rostro. Me sentí curada de pronto. Como si Margot se hubiera deshecho de todos mis miedos y hubiera acabado con todo lo que me producía dolor anteriormente. En ese instante, solo sentía una profunda paz.

Sin soltar aún mi rostro, Margot continuó pronunciando unas bellas palabras hacia mí:

– Eres lo mejor de mi vida. Esta guerra me ha quitado a mi marido, pero también ella me lo entregó. Ahora tú eres todo lo que tengo, Lexie y creo que no tengo ningún derecho a quejarme. Me lo ha dado todo.

Annette deshizo nuestro romántico momento. Gimoteó hasta que Margot la cogió en brazos.

– Es igualita a ti, Maggie. Ha tenido suerte de no parecerse a su padre – bromeé. A lo que ella rio. – ¿Le echas de menos? – pregunté, no sé bien por qué.

– Sí – reconoció ella con nostalgia.

– Yo también – admití.

– Va a ser muy complicado cuando los niños crezcan, si lo hacen. Cuando todo esto finalice y tengamos que volver a aparentar una vida normal. Va a ser muy difícil explicarles lo que aquí ha ocurrido. ¿Cómo le dices a una niña que nunca conocerá a su padre? ¿Cómo le explicas eso, Lexie?

No pude evitar volver a llorar. Estaba realmente exhausta. Si la guerra hubiera durado tan solo unos meses más, creo que no hubiera sido capaz de contarlo.

– Sé que Dios tiene un plan para cada uno de nosotros – afirmé. – Pero en estos momentos, no entiendo cuál es su propósito.

– Kara, creo que está bien por hoy. Dejemos que la señora Miller vuelva a casa y nosotras vamos a cenar.

– ¡Jo! Está bien... — acepta Kara a regañadientes. – Hasta la próxima, señora Miller – se despide levantándose y dirigiéndose a la cocina.

– Gracias, señora Miller – agradece Mollie cuando la niña se va. – Gracias por cuidar de Kara. Y gracias por volver a juntarnos. Hacía mucho que no pasábamos tiempo las tres juntas. Narra las historias con tanto sentimiento, que parece que fuera usted quien lo vivió.

– La experiencia te la da la vida, Mollie. Es una pena no saber lo que conocemos al final del camino cuando comenzamos a andarlo. Pero eso es la vida. Y las gracias debería dároslas yo a vosotras por hacerme sentir una más de la familia.

– Lo es, señora Miller. Ya es parte de la familia.

– Mollie, ¿averiguaste quién escribió el diario?

– ¡Oh, sí! Eso creo. Mi madre me contó que a ella se lo entregó mi abuela. Así que, probablemente fue ella quien lo escribió.

– ¿Quién lo escribió? – repite la anciana. – ¿Tu abuela murió?

– No, aún sigue viva – responde.

– Entonces... ¿podrías preguntárselo a ella? ¿Vive aquí?

– Ahora sí, pero está ingresada en el hospital. Está enferma – le cuenta Mollie entristecida.

– ¡Vaya! ¡Cuánto lo siento! ¿Qué le ocurre?

– Le diagnosticaron cáncer de ovarios hace casi un año.

– Me gustaría conocerla, si no es molestia. Sus escritos son tan emocionantes, que desearía poder conocer a la autora personalmente. ¿Sería eso posible?

– Podríamos intentarlo, claro.

– ¡Estupendo!

Capítulo 27

2 de septiembre de 1945

Domingo, 2 de septiembre de 1945. Jamás olvidaré aquel día. Margot escuchaba temprano la radio cuando anunciaron una noticia importantísima, por la que llevábamos años esperando. Salió corriendo a despertarme, abrió la puerta de nuestra habitación con energía y me zarandeó entusiasmada.

– ¡Lexie! ¡Despierta, Lexie! ¡Despierta! ¡La guerra ha terminado! – anunciaba sobreexcitada. – Acaban de anunciarlo por la radio. Los japoneses han firmado la rendición. ¡La guerra ha finalizado! – me explicaba un poco más calmada, tras ver mi cara perpleja. – Estamos a salvo, Lex. Por fin estamos a salvo.

Ambas nos fundimos en un tierno beso y un cálido abrazo, uno más de tantos que nos habían hecho toda esa pesadilla un poco menos desagradable. Me perdí en sus ojos verdes, recordando todo lo que habíamos pasado juntas. Durante casi cinco años, ella había sido todo cuanto había tenido. La guerra nos lo arrebató casi todo. Se llevó a nuestras parejas, a nuestras familias, incluso nos dejó sin nuestros hogares. Margot había sido el único apoyo que me había ofrecido para sobrevivir a ese amargo periodo. La guerra había significado una etapa de dolor y sufrimiento innegable y, sin ninguna duda, supondría un antes y un después para todos nosotros; pero un vacío inexplicable inundó mi cuerpo. Creo que me había acostumbrado tanto a ese ambiente bélico, que me sentí perdida. Sentí como si no supiera qué hacer ahora que ya no nos rodeaba la guerra. Me sentía aturdida y no sabía qué debería hacer en adelante, si tendría que continuar con mi vida anterior o volver a restructurarla, o cómo debería hacerlo siquiera.

Aún inmersa en la dulce y verde mirada de Margot, sentí nostalgia al imaginar que todo volvería ser a como antes de que estallase la guerra. Ella había sido un regalo para mí y no podía imaginarme una situación diferente a la que habíamos vivido hasta entonces. Me negaba a comprender que pudiese existir una vida diferente a la que veían mis ojos, distinta a la única que había conocido durante los últimos años de mi vida. Solas. Ella y yo. Solo Margot y yo en nuestra casa de Aintree, cuidando de los niños.

La gente salió a la calle casi por primera vez desde que todo se tornó demasiado peligroso y los hogares se llenaron de tristeza y temor. La ciudad había quedado devastada. Liverpool era uno de los principales puertos del país y un lugar importante donde se fabricaban armas, por lo que las fuerzas del Eje trataron de atacarla continuamente. Salimos también a la calle con

Jacques y Annette y notamos un ambiente hostil y desconcertante pese a la gran noticia que por fin llegó a Reino Unido. Creo que todos nos sentimos aliviados con ella, pero también aturdidos por ver cómo seguirían nuestras vidas ahora que todo, inevitablemente, cambiaría.

Encontramos a Abbie tras unos días y la invitamos a casa a ver a los niños. Abbie no dejaba de contarnos historias, de relatarnos las atrocidades que había visto durante su servicio como enfermera y de cómo ella había salvado, también, a mucha gente. Pude ver lo orgullosa que se sentía de haber sido útil en la guerra, de haber podido desempeñar un papel relevante, como siempre había querido.

19 de septiembre de 1945

Abbie se empezó a encontrar mal prácticamente desde el primer momento en que la vimos. Comenzó a tener fuertes diarreas e intenso dolor abdominal con frecuencia, pero lo achacamos a la desnutrición que padecíamos, especialmente ella. Sin embargo, un día no dejaba de quejarse de dolores abdominales muy fuertes, tocándose continuamente el estómago. Vomitaba y le subió estrepitosamente la temperatura. Cuando la fiebre no remitió durante dos días, decidí que era hora de hacer algo.

– ¡Lexie! ¡Ayúdame, Lexie! ¡Por favor! – gritaba con la mano en el estómago. – ¡Me duele mucho! ¡Creo que me voy a morir! – sollozaba.

– Tenemos que ir al hospital.

Salimos con apremio a la calle y pedimos ayuda a las vecinas, pero pocos hombres habían regresado de la guerra. Pocos de los que aún quedaban vivos.

– Deberíais acudir al hospital – comentaba una de las vecinas. – Pero probablemente tardéis demasiado. Además, apenas se puede mover – señaló apuntando a Abbie que se retorcía de dolor junto a Margot. – No creo que lleguen las ambulancias.

Entonces, vi un coche aparcado junto a una casa y se me ocurrió la única solución posible. Pregunté de quién era y pedí a la señora Talbot que buscara con premura las llaves que su marido guardaba en casa. No sé de dónde apareció aquel coche, pero di gracias a Dios por enviármelo y a Callum por las clases magistrales que se había empeñado en impartirme durante aquel verano.

– ¡Pero no hay nadie aquí que pueda llevaros! – exclamó la señora Talbot temerosa, con las llaves en la mano. – No hay nada que podáis hacer.

– No se preocupe. Margot, ayúdame a meter a Abbie en el coche.

– Pero, Lexie, ¿qué vas a hacer? No sabes conducir, ¿verdad que no?

– Callum me enseñó. No sabía para qué me haría falta, pero ahora lo sé. Quédate con los niños, yo llevaré a Abbie al hospital principal. Nos veremos a la vuelta –

le aseguré con un beso de despedida en la frente.

Metimos a Abbie, aun sollozando, en el coche y conduje cuidadosa pero rápidamente hacia el hospital principal de Liverpool, donde le atendieron.

– Vas a ponerte bien, hermanita. Tienes que estar decente para recibir a tu marido, ¿me oyes? Así que aguanta. Todo saldrá bien – intenté animarla desde mi asiento.

Miré a mi hermana y me di cuenta de que eso no había concluido aún. La guerra podía haber terminado en nuestro país, pero jamás lo haría en nuestros corazones. Un vacío inmenso se apoderó de nosotros. Tenía la sensación de que el mundo se había parado de repente. La vida parecía haber terminado para todos nosotros, pero no era así. Nuestra vida debía seguir, aún con el vacío que nos dejaron aquellos que se marcharon con ella. Nos lo habían arrebatado todo y habían grabado en nuestras memorias un pasado difícil de olvidar. Pero el futuro, aunque incierto, era lo único que teníamos en aquel instante. Aunque sabía de algún modo, que lo peor no había pasado aún y tiempos difíciles nos aguardaban. Deseaba poder pasar por todo ello, de nuevo junto a Margot.

Henry regresó días después, cuando terminó de recuperarse de sus heridas en un hospital al sur del país. El ambiente se tornó diferente, distinto al que yo esperaba. Henry apenas había salido de la habitación durante los primeros días. Y aunque ella no lo dijera, sabía que Margot se sentía fuera de lugar, puesto que Callum no regresó a casa como lo hizo mi marido. Pero, en realidad, ninguno de los dos regresó de aquella guerra. Al menos, no como se les conocía hasta entonces.

– ¿Quieres comer algo, Henry? – pregunté a mi marido, tras días sin apenas probar bocado. No había mucho que llevarse a la boca aún, pero si continuaba así, Henry terminaría cayendo también enfermo.

– No tengo hambre – contestó dando media vuelta en la cama y quedándose de espaldas a mí.

– Deberías intentar comer algo. Si no...

– ¡He dicho que no tengo hambre! – repitió elevando la voz.

Abbie permanecía ingresada en el hospital principal, uno de los pocos edificios que, afortunadamente, había quedado intacto. Durante gran parte de la guerra, mi hermana sirvió como enfermera pero, al parecer, durante los últimos meses había padecido disentería, una enfermedad infecciosa caracterizada por la inflamación del intestino. Abbie sufría continuas diarreas y sangrados, por lo que le habían mantenido bajo observación en el hospital desde que acudimos.

– Henry, vamos a visitar a Abbie – susurré al oído a mi marido.

– Está bien. Dale recuerdos de mi parte – respondió.

– ¿No quieres venir con nosotras? – pregunté sin obtener respuesta. – Estoy segura de que a Abbie le gustará mucho verte – añadí, con la misma contestación. – ¿Quieres que te ayude a vestirte?

Mi marido ni siquiera se inmutó, por lo que obvié su

respuesta. No quise insistir más, no quería forzarle. Me acerqué a él y le di un beso en la mejilla.

– Volveremos enseguida – le indiqué.

Margot se ofreció a acompañarme a verla, aunque prefirió esperar con los niños fuera de la habitación.

– Abbie – susurré a mi hermana al llegar. – He traído la caja que me pediste.

– Gracias, Lexie. Tengo la mitad de mi vida ahí dentro, demasiados recuerdos. Pensé que no podría recuperarla.

– Pues tranquila. Ya está aquí y es toda tuya – le aseguré entregándole la caja. – ¿Cómo te encuentras hoy?

– Creo que un poco mejor. Me ha remitido algo la fiebre y llevo ya unas horas sin acudir al retrete. Puede decirse que... estoy mejor. ¿Cómo está Henry?

– Bien – mentí agachando la cabeza.

– Eso no ha sonado muy convincente, Lex. A mí no puedes engañarme. Cuéntame, ¿qué ocurre?

– Nada. Todo está bien – volví a mentirle.

– Lexie... Si no quieres contármelo, lo acepto, pero no me tomes por idiota. Sé que algo no va bien. ¿Qué es?

– No lo sé, Abbie. Henry aún no ha regresado. Su cuerpo está aquí, pero a él no le encuentro por ninguna parte.

– Es normal, hermanita. Ten en cuenta que habéis estado separados seis años. Eso es más tiempo del que habéis permanecido juntos y todo con una guerra de por medio. Una guerra cambia a la gente, tiene que hacerlo de algún modo. Va a costarle adaptarse, pero lo hará. Dale tiempo.

– ¡Que Dios te oiga! – respondí deseando que las palabras de mi hermana se tornaran realidad más pronto que tarde.

– Anda, vete a casa. Prepara la cena y haz el amor con tu marido. Seguro que todo se arreglará.

– Vendré a verte pronto – me despedí de mi hermana. Aunque enferma, seguía siendo ella en su plena esencia. Abandoné la habitación tras darle un beso en la frente, tal y como ella indicó. No podía decirle que las cosas no se resolvían de aquella manera, pero prefería dejar que aún pensase que la vida era tan sencilla.

Jim Pattison esperaba mi partida sentado en el pasillo.

– Gracias por visitarla – me agradeció. – Abbie te añora mucho. Nunca deja de hablar de ti, ni de todas las cosas que solíais hacer juntas. Te quiere mucho, Alexa.

– Yo también quiero mucho a Abbie. Todas esas cosas se perciben tan lejanas ya... Todo esto ha sido horrible. Solo espero que pronto llegue el día en que todo lo vivido no sea más que un vago recuerdo, una historia más que contar a nuestros nietos.

– Muy pronto. Estoy seguro.

– Jim, por favor, cuida de Abbie. Cuida bien de ella. Si algo llegara a pasarle... – pronuncié con dificultad con un nudo en la garganta. – No puedo imaginarlo.

Jim me rodeó con su brazo y me acarició la espalda

alentándome. Le miré a los ojos y vi también su sufrimiento. Jim Pattison estaba enamorado de mi hermana y también moriría si Abbie no llegara a recuperarse. Pensé en él, en su historia. Todos y cada uno de nosotros tenía una historia diferente. Si bien todas ellas se habían desarrollado bajo el mismo marco, cada uno había escrito un relato diferente y había sufrido la experiencia de un modo distinto.

Regresamos a casa y comencé a preparar la cena. Margot se acercó por detrás, besó suavemente mi hombro y me abrazó durante unos segundos.

– ¡Lexie! – escuchamos entonces desde mi cuarto. Giré la cabeza y lancé una tímida sonrisa a Margot.

– Tengo que ir. Henry no puede sospechar nada.

– Claro, ve – aceptó Margot con resignación.

Agarré su barbilla y le di un tímido beso antes de acudir a la llamada de mi marido. Margot sonrió ante tan inesperado gesto.

– Henry, ¿en qué puedo ayudarte? – pregunté tímidamente.

– ¿Por qué no me traes la cena? Creo que tomaré algo – aseguró.

– ¿De veras? ¡Eso es fantástico! ¿Por qué no te sientas con nosotras en la cocina? – sugerí inocentemente. Henry me lanzó una mirada que descifré inmediatamente. – Está bien, enseguida te la traigo.

Antes de salir, junto a la puerta, recordé todo lo que ese conflicto nos había arrebatado, todas las personas que se habían ido durante aquellos años. Pensé en mamá, en Alfie, en Arthur. Pensé en Brett, en Theo y en Paddy. También en Phillipe Dupond y en Pierre. Pensé en Betty y en Callum. Pensé en todos ellos y en las miles de personas que jamás habrían regresado a Liverpool, ni a ningún otro lugar del mundo. Todos sufrimos una devastadora guerra, pero para algunos no acabó aquel mes de septiembre de 1945. Y cerré la puerta tras de mí.

Capítulo 28

6 de octubre de 1945

Un peculiar sonido nos avisó de la llegada del correo. Margot recibió una carta, abrió el sobre y leyó su contenido con inquietud. Contemplé su rostro perplejo ante las palabras que el papel reflejaba. Me pregunté qué podría contener aquel escrito, que dejó a Margot casi sin respiración. Ella no quiso contarme nada, pero durante las horas siguientes estuvo verdaderamente extraña. Traté de averiguar de qué se trataba, pero no pude sino presagiar que no era nada bueno.

Aquella tarde, Margot puso en marcha el tocadiscos y una lenta canción de Vera Lynn comenzó a sonar. Se acercó lentamente a mí y me tendió su mano izquierda preguntando: «¿Me concedes este baile?».

Me cogió de la mano y me agarró de la cintura. Margot esbozaba una amplia sonrisa y no pude sino imitar su gesto inconscientemente. Entonces, trató de que diera media vuelta y solté una carcajada. Volvimos a colocarnos muy cerca la una de la otra. Su pequeña nariz rozaba la mía y casi podía notar su respiración. Bailamos durante un rato y no pude dejar de mirarla ni un solo instante. Así fue precisamente como comenzó todo. La música, sus ojos, mi cintura y dos corazones que anhelaban amor en medio de un ambiente lleno de odio. Aquella canción fue el principio de una historia que ya no sería capaz de olvidar jamás. Fue el inicio de la historia de amor entre Maggie y yo.

Aquella noche encontré a Margot sentada en el suelo de la habitación, oliendo una de mis blusas con alguna lágrima decorando su bello rostro.

– ¡Maggie! – exclamé sobresaltada. – ¿Qué es lo que ocurre?

Margot miró hacia arriba, atisbando mi figura entre su llorosa mirada.

– ¡Lexie! ¡Oh, mi querida Lexie! ¡Ven conmigo! ¡Abrázame! ¡Por favor, abrázame como si fuera lo último que hicieras! ¡Abrázame como si no pudieras volver a hacerlo jamás!

Hice lo que ella me rogó. Me coloqué a su altura y la abracé como si nadie más existiera en el mundo, salvo nosotras. Por primera vez desde que llegara, me olvidé de la presencia de Henry en la habitación de enfrente. En ese preciso instante, solo estábamos nosotras. Ella y yo. Solo ella y yo,

– Lexie...

– Shhh… – le callé. – No digas nada, Margot. Por favor, no digas nada.

– Pero, Lexie, tengo algo que contarte.

– Margot, no es necesario – traté de silenciarla colocando mi dedo índice sobre sus labios. – En serio, no hace falta.

– Lexie. Esto es muy difícil para mí. Por favor, déjame hablar. Deja que te diga algo…

– ¿Para qué? – la corté molesta. – Vas a decirme adiós, ¿no es cierto? Porque si es así, no quiero oírlo. Y tampoco creo que tú quieras hacerlo. Así que voy a facilitarte las cosas – argumenté con suspicacia. – Si quieres irte, será mejor que lo hagas sin despedidas, pero no necesito que inventes argumentos.

– No, Lexie. No es eso. Tú no lo entiendes… – se quejaba ella agitada.

– ¿Qué quieres que entienda, Margot? ¿Qué después de cinco años quieres irte sin más, como si nada de esto hubiera ocurrido en realidad? ¿Quieres que entienda que…?

– Lexie, – me interrumpió bésame – me pidió de un modo que me desgarró el alma. – Por favor, bésame, porque quizás sea lo último que hagamos juntas. Tengo que irme. Tengo que huir de aquí. Necesito escapar, irme muy, muy lejos. Mi hermano mayor, Raphäel, ha estado luchando con los alemanes desde que invadieron Francia. Ha matado a mucha gente. Ha matado a muchos franceses. Y ahora ellos le han matado a él. Están buscando a Audrey y al bebé para acabar con ellos. Y ahora me buscarán también a mí.

Me encontrarán y me matarán también. No puedo quedarme aquí, Lexie, y esperar a que me encuentren. No a tu lado.

Nos abrazamos como si intentásemos asegurarnos de que nada pudiera separarnos jamás y un océano de lágrimas se entrometió entre nosotras.

– No te vayas, Maggie. Por favor, no lo hagas. Yo cuidaré de ti, como he hecho todo este tiempo – me hubiera gustado decirle, pero habría sido egoísta. No quería vivir sin ella. No quería imaginar que todo lo que había conocido hasta entonces, que el modo en que había vivido esos últimos años, iba a cambiar y la persona con la que había sobrevivido a todo ello, desaparecería de mi lado. La abracé con fuerza y me aferré a ella como si nunca más fuera a sentir su olor, con la esperanza de que si lo hacía con la fuerza suficiente, nadie podría separarla de mi lado. Quería a Margot, la quería y solo deseaba que permaneciéramos juntas. Ya había estado enamorada antes, pero nunca lo sentí de aquella manera.

Junto a la puerta de la habitación, nos despedimos. Nos besamos por última vez y le deseé buenas noches, aunque hubiera deseado que las tuviera conmigo. Margot dio media vuelta y entró sin hacer ruido en la habitación de invitados, paradójicamente. Contemplé su melena rubia y agaché la mirada. Aquella fue la última vez que la vi.

De madrugada, escuché alguien tras la puerta y vi cómo el picaporte se movía. Estaban intentando abrir.

Entonces, la puerta se abrió lentamente y alguien asomó la cabecita. Era la pequeña Annette.

– ¿Mami? – preguntó confundida, mirando hacia la cama donde Henry y yo descansábamos.

– No, cariño. Mamá no está aquí – informé desde la cama. – Ven – indiqué, mostrándole los brazos.

Annette subió sobre mi regazo. Se acurrucó sobre mi pecho y nos abrazamos. Miré al techo, creo que intentaba buscar en él una respuesta, pero ni siquiera sabía cuál era la pregunta que debía formular. De pronto, un mal presentimiento se apoderó de mí. Creí entender lo que estaba sucediendo, pero recé por que mis temores no se hicieran realidad. Cogí a Annette en brazos y me dirigí hacia la habitación de invitados con cuidado, para que Henry no se despertara.

Abrí cuidadosamente la puerta para descubrir su cama escrupulosamente estirada y la habitación casi vacía y se me hizo un nudo en el estómago. Di media vuelta y entré en la cocina. Descubrí un papel sobre la mesa y el corazón me dio un vuelco. Tragué saliva con dificultad y me acerqué a ella. Contemplé el papel durante unos segundos, jugando con una de sus esquinas entre mis dedos. No me atrevía a leerlo, pero no hacerlo no iba a cambiar nada. Me aseguré de que Henry seguía dormido y me decidí a leer sus palabras. Tomé asiento junto a la mesa para tranquilizarme. Mis piernas iban a quebrarse de un momento a otro, o así podía sentirlo.

Lexie.

Tengo que irme. Créeme que no he dado en mi vida un paso más difícil, pero no hay otra opción.

Estos meses junto a ti han sido los más duros de mi vida, pero también los más intensos, los más reales y los más bellos que recuerdo. No sé qué hubiera sido de mí si tú no hubieras estado a mi lado y pensar en no tenerte de ahora en adelante, tiñe todo de un halo oscuro e incierto que me cuesta aceptar. Pero el recuerdo de tu amor permanecerá siempre vivo en mi corazón y eso me ayudará a seguir adelante para no permitir que me encuentren.

Me siento afortunada de haberte conocido y de haber vivido todo este tiempo a tu lado. Jamás pensé que pudiera existir este tipo de amor entre dos personas, pero creo que no hay nada malo en decirlo. Me enamoré de ti, Lexie. Me enamoré de tu mirada, de tu sonrisa, de tu sentido de la responsabilidad. Me enamoré del modo en que me tocabas y de todo lo bueno que despertabas en mí, sin apenas ser consciente de ello. Me enamoré de tus besos, de tus «te quiero» y de todos esos momentos que solo vivimos nosotras. Solo tú y yo.

He tenido una inmensa suerte. Todos queremos vivir un amor que no nos permita olvidarlo nunca. Y si hay algo que tengo claro es que no podré olvidarte jamás. Te recordaré todos y cada uno de los días que me queden por vivir.

Por favor, cuida de Jacques y de Annette. No puedo llevarles conmigo y condenarles a una vida de huidas, no sería justo para ellos. Y no se me ocurre nadie que pueda quererles más, darles más amor y cuidar de ellos mejor que tú.

Siempre tuya,

Margot Dupond.

Un pelotón de lágrimas corrió por mi rostro y éstas cayeron una a una sobre la mesa de la cocina. Annette trataba de secármelas y vi en ella el vivo reflejo de la mujer que amaba. En sus ojos vi a Margot. La vi en su pelo, en su piel y en su sonrisa. En cada gesto de Annette podía ver a Maggie y no me cabía la menor duda de que haría siempre que ella permaneciera conmigo.

Apreté el papel contra mi pecho y recordé cada segundo a su lado. Yo tampoco pensé jamás que pudiera existir un amor así, pero lo cierto es que podía. Yo lo había vivido durante cinco largos años y eso nadie se lo podía llevar. La amaba. Y no necesitaba gritarle al mundo entero que era ella, porque yo lo sabía.

Ver cómo la gente se va es algo duro, pero es aún más duro recordar aquel momento en que prometieron que nunca lo harían.

Coloqué a Annette en su cama y regresé sigilosamente a mi habitación. Volví a meterme en la cama, tratando de que Henry no despertase. Di media vuelta, quedándome de espaldas a él y unas cuantas lágrimas corrieron por mis mejillas sin poder evitarlo y mojaron la almohada. Recordé la sonrisa de Margot, su olor y sentí el amor infinito que por ella había nacido. Después de todo, no sabía cómo sería capaz de continuar sin ella. Es lo malo de enamorarse de alguien, que cuando se va te sientes perdida. Como si ya no fueras capaz de vivir sin esa persona, como si no lo hubieras hecho el resto de tu vida. Pero creo que hay personas a las que vas a querer toda la vida, aunque no sigan en ella.

– Sin duda, hay personas a las que vas a querer toda la vida – repite la señora Miller. – Yo aún la quiero – narra antes de echarse a llorar.

– ¡Señora Miller! ¿Está usted bien? – se interesa Stella.

– Está llorando – responde Kara. – Trae otro pañuelo – propone.

– ¿Qué le ocurre? – se informa Stella.

– Pues que es muy triste – le responde Kara. – ¡Margot se ha ido! ¡Tenía que huir!

– Sí – acepta la señora Miller. – Tenía que huir o los franceses nos matarían. Me estaban buscando y si me encontraban con ellos, nos matarían a todos – explica, aun llorando. – No podía permitirlo.

– ¿Cómo? ¿A qué se refiere? – duda Stella.

– Espera – pide Mollie. – ¡Señora Miller! Pero... ¡no puede ser!

– Sí – afirma la anciana. – Puede ser.

– ¿Qué? – pregunta Stella. – ¿Qué ocurre?

– Es ella, ¿verdad? Usted es Margot Dupond, ¿no es así? Por eso quería conocer a mi abuela, porque vosotras sois las dos chicas del diario.

– ¿Es eso verdad, señora Miller? – pregunta Stella atónita.

– Es cierto. Nunca supe lo importante que realmente fui para Lexie. Pensé que era solo cosa mía. Jamás pensé que ella no pudiera olvidarse de mí. Creí que viviría feliz toda su vida junto a Henry y los niños.

– ¿Los niños? – pregunta Mollie intrigada. – ¿Qué niños?

– Sus hijos – rectifica Margot.

– No, señora Miller, ha dicho «los niños». ¿A qué niños se refiere? Annette y Jacques eran sus hijos, pero...

– Jacques es tu tío Henry – aporta Stella. – Eso está claro.

– Y Annette... – dice la anciana. – Annette es...

– Annette es mamá.

– Sí, eso es – afirma Stella. – Annette es tu madre, Mollie.

Mollie se funde en un cálido abrazo con la señora Miller.

– Entonces, ¿mi abuela eres tú? – pregunta extrañada.

– No, tu abuela siempre será Lexie. Ella cuidó de Jacques y de Annette y ha sacado adelante a una familia fabulosa.

– Por eso la abuela le puso su nombre a mamá. ¡Fue por ti! ¡Margot!

– ¿Por mí? ¿Tu madre se llama Margot?

– No, se llama Margaret. Maggie...

– Ese era el modo en que tu abuela me llamaba cariñosamente – declara la señora Miller emocionada. – ¿Y qué hay de tu abuelo? ¿Dónde está? – se interesa.

– ¡Oh! El abuelo murió hace unos años de cáncer de próstata.

– ¡Dios santo! ¡Cuánto lo siento!

– Tenemos que ir a ver a la abuela – comenta Stella entusiasmada. – ¡Seguro que le encantará volver a verte!

– Pero solo si está preparada, señora Miller.

– Sí, creo que sí. Me encantaría volver a ver a Lexie –

admite imaginándoselo. – Ellos... ¿tuvieron más hijos?

– No – asegura Mollie. – Por lo que mamá cuenta, el abuelo regresó muy extraño de la guerra y jamás volvió a ser el que era antes. Tardó años en volver a tocar a la abuela y, cuando lo hizo, no fue de la misma manera. Después no fueron capaces de engendrar más hijos, probablemente uno de ellos fuera estéril. O quizás ambos. Pero criaron a mamá y al tío Henry con todo el cariño del mundo y les quisieron como si fueran propios. Ni siquiera sabía que mamá conocía la verdad, jamás nos dijo nada.

– ¿A quiénes? ¿Tienes hermanos, Mollie?

– Sí, tengo dos hermanas – le cuenta Mollie. – Una es seis años mayor, Sharon y otra, un año más pequeña, Rachel. Rachel y yo estamos muy unidas. Fue la primera persona a quien le conté lo de Stella. A ella y a la abuela. Pero nunca pensé que pudiera entenderme mejor que nadie.

– ¿Y si dejamos que termine la historia y mañana vamos todas a ver a la abuela? – propone Stella. Todas acceden encantadas y la señora Miller, Margot, continúa leyendo.

Capítulo 29

16 de octubre de 1945

Jacques corría inquieto por el pasillo mientras yo jugueteaba con Annette en el sofá, cuando me percaté de que alguien se acercaba a nosotras sigilosamente. Miré al frente y vi a Henry apoyado en el marco de la puerta, mirándonos. No sé cuánto tiempo llevaría allí.

– ¿Puedo sentarme con vosotras? – preguntó modestamente.

– Claro – accedí. Le hice hueco acercando a Annette hacia mí. – Toma asiento, por favor.

Henry se sentó a nuestro lado y miró a Annette de un modo extraño.

– ¿Dónde está tu amiga la francesa? Hace días que no la veo por aquí.

– Se ha ido – comenté con tristeza al recordarlo. – Los franceses la buscaban. Su hermano residía en París cuando los alemanes invadieron Francia y ha estado todo este tiempo luchando con ellos. Al finalizar la guerra, le buscaron y le ejecutaron por traidor. Iban a matarla también a ella, así que no podía quedarse aquí más tiempo. La encontrarían y nos encontrarían a nosotros también.

– ¿Y los niños? – indagó mi marido.

– Se quedarán con nosotros, Henry. Espero que no te importe, pero era mi amiga – le aseguré.

Henry no dijo nada. No lo aceptó, pero tampoco se negó a ello. Sin embargo, no pude percibir nada en sus ojos. Hubo un tiempo en que solo con mirarle sabía lo que pensaba, pero esa vez no fui capaz de leerle. Sus ojos no me hablaban. La alegría que Henry y Callum trajeron aquel verano previo a la guerra, se esfumó con ella. En realidad, la guerra se lo llevó todo, incluido a mi marido. Seguía queriéndole, seguía queriendo a Henry, pero el amor se lo quedó la guerra. O quizás le otorgase un destino diferente.

– ¡Menuda madre! ¡Alguien que es capaz de dejar a sus hijos y marcharse sin más es que no tiene corazón!

– ¿Qué dices, Henry? No puedes juzgarla sin conocer su historia. No creo que haya sido plato de buen gusto para ella separarles de su lado. Pero una madre siempre busca lo mejor para sus hijos, incluso si no es la opción más sencilla.

– ¡Bah! ¡Chorradas! Seguro que existen opciones mejores.

– ¡Henry! No te reconozco. ¿Quién demonios eres y qué es lo que has hecho con mi marido?

– Sigo siendo tu marido. He vuelto, Lexie.

– ¿Has vuelto? Yo no te veo por ninguna parte – confesé con tristeza. – Prometiste que nunca me dejarías – le recordé.

– Y estoy aquí – aseguró él.

– Eso no es cierto, Henry. Tu cuerpo lo está, pero tú estás a miles de kilómetros de mí.

– Lexie, durante todo este tiempo muchas cosas han cambiado. He presenciado acontecimientos que jamás podré borrar de mi memoria, he vivido experiencias que jamás podría revelarte y presenciado la muerte de dos de mis mejores amigos, sin poder hacer nada por remediarlo. Estos años han sido muy duros para mí, Lexie. No resulta sencillo volver y aparentar que todo vuelve a ser como antes. No es fácil.

– ¿Crees que solo fue difícil para ti? – le recriminé. – ¿Acaso piensas que fue más sencillo quedarme en casa esperando a que volvieras? ¡Te equivocas si piensas que fue fácil levantarme sola cada mañana esperando que siguieras con vida! ¡Cada día era una carrera de fondo en la que no sabía siquiera si iba a poder alcanzar la meta! ¡Todo esto ha sido horrible! ¡Han sido los años más duros de mi vida y ahora vienes tú comportándote como si hubieras sido el único que ha sufrido una guerra! ¡Yo también he formado parte de esta interminable pesadilla!

– Siento que hayas sufrido tanto, pero tú estabas en casa. Con Callum, con Margot, con tu familia. Yo no tenía a nadie allí. Ni siquiera sé decirte qué lugar era allí, porque cambiábamos de localización más de lo que puedo recordar, para que los jodidos alemanes no fueran capaces de encontrarnos. Los chicos era todo cuanto tenía y casi todos murieron en combate. No tienes idea de todas las cosas que han ocurrido allí, Lexie. No tienes ni idea – narraba él visiblemente emocionado.

– ¡Pues cuéntamelo, Henry! ¡Cuéntame lo que ocurrió! Tal vez así sea capaz de entender por qué has cambiado tanto.

– No puedo contártelo, Lexie. No puedo hacerlo – se excusaba cabizbajo, como si algo le avergonzara.

Me parecía raro sentir lo que el hombre que estaba frente a mí se parecía a mi marido, pero yo no era capaz de encontrar a Henry de ninguna manera. Recordé cuán enamorada estuve de él y lo que hubiera dado por retenerle a mi lado cuando la guerra estalló. Aún entonces seguía queriéndole, si bien de un modo extrañamente diferente, después de todo lo que habíamos vivido durante los últimos años con nuestros caminos separados. Aún amaba a mi marido y puede que aquello respondiese a muchas de las preguntas que se me habían planteado durante los últimos días. Después de todo, el amor siempre dice más de aquel que lo siente que de aquel que lo recibe.

Henry y yo habíamos vivido una de las experiencias más desgarradoras que se le pueden presentar a cualquier ser humano. Una guerra cambia a cualquier persona, debe salir por algún lado. Cada uno de nosotros había percibido la realidad de una manera distinta y se había enfrentado a situaciones diversas, si bien todas ellas venían envueltas en un mismo marco. No sé quién de los dos pudo haber sufrido más durante la Segunda Guerra Mundial, o si acaso eso pudiera ser cuantificable. Solo sé que dejé a mi marido para que acudiera a la guerra seis años atrás y la persona que había regresado no tenía nada que ver con él.

Aunque Margot había significado todo para mí desde que Henry y Callum nos dejaron solas para marcharse a luchar a la guerra, la llegada de mi marido fue una buena noticia. Deseaba volver a verle, deseaba tocar su piel de nuevo y que pudiera conocer por fin a Margot. Ansiaba volver a tenerle en casa y que todo se normalizara nuevamente. Quería volver a ser feliz. Pero no encontré lo que esperaba y Henry se comportó de un modo significativamente extraño desde el primer momento. No era ese Henry el que anhelaba mostrar a Margot, no era ese Henry al que deseaba oír contar sus experiencias como soldado. No, definitivamente no era ese Henry el que yo quería que volviera. De algún modo, el nuevo Henry me decepcionó, pero quizás no fuera solo culpa suya. Todo el mundo acaba decepcionándonos si esperamos demasiado de ellos. Y yo esperaba a otra persona.

– Por favor, Henry, dime cómo puedo ayudarte – le rogué afligida.

– No puedes. Todo lo que he experimentado durante este tiempo me ha hecho envejecer cincuenta años. Me ha destrozado la vida y también ha hecho meya en mi personalidad. Me ha cambiado, Lexie. Tienes razón, ya no soy la persona que era antes, porque ya no percibo la vida del mismo modo. Y eso es algo que ya no se puede cambiar. No tiene nada que ver contigo, Lex – me confesó abatido. Besó mi frente con ternura y regresó a la habitación.

Dejé a los niños durmiendo en su cuarto, terminé de recogerlo todo y volví a la habitación con Henry con ánimo de quedarme dormida. Me tumbé junto a él exhausta y di media vuelta para que no pudiera ver la tristeza en mi rostro. Desde la marcha de Margot, los días se me hacían cuesta arriba y finalizaba la jornada más cansada aún que de costumbre. Física y mentalmente agotada.

Henry me rodeó los hombros y me apretó junto a su pecho en lo que interpreté como un cariñoso abrazo, el primero que me daba mi marido desde su regreso. Di media vuelta y le miré a los ojos. Por primera vez, vislumbré al hombre con el que me casé atrapado en una cabeza que ya no controlaba. Le acaricié la mejilla nostálgica y derramé una lágrima sin darme cuenta. Henry se apresuró a secarla y me besó en los labios, aunque sentí aquel beso de un modo diferente a como solía hacerlo. Me besó y me desnudó completamente en un abrir y cerrar de ojos. Pero no vi amor en sus gestos, sino más bien un deseo de contacto personal contenido durante demasiados años. Durante esos años creí anhelar sentir la piel de mi marido, pero el modo en que hicimos el amor aquella vez, solo provocó en mí un sentimiento vergonzoso al terminar. Me sentí vacía, como si estuviera haciendo algo que no estaba bien. Y sola. Sobre todo me sentí muy sola.

Él se quedó dormido. Permanecimos un tiempo tumbados sobre la cama y yo no podía quitarle el ojo de encima a mi marido, o a lo que quedaba de él. Recordé las veces que aquello había significado algo y supe que ya no quedaba nada de todo eso. Mi mente se llenó de imágenes, de recuerdos, de palabras y de sentimientos olvidados. Pero todos ellos habían existido en algún momento. Cuando despertó, seguí tratando de expresarle cuánto añoraba la presencia del Henry del que alguna vez me enamoré locamente.

– Por favor, Henry, dime si hay algo que pueda hacer por ti – comencé mirándole a los ojos. – Quiero que vuelva mi marido. Hay algo que me enamoró de ti que ya no reconozco.

Henry no respondió, pero supe que entendía perfectamente de lo que hablaba y sentí pena por él. Tuve la sensación de que en algún lugar de su cuerpo, en alguna recóndita esquina, una parte de mi marido seguía viva aún. Y él podía oírme.

– Henry – le susurré – solo quiero que sepas una cosa. Pese a lo infeliz que puede que seas ahora mismo, no puedes olvidar quién eras. No puedes olvidar que estuve profundamente enamorada de un hombre bueno, que me amó con todo su corazón día tras día. Ese ha sido el mejor regalo que has podido darme jamás, Henry. Y esa capacidad de amar es lo que te hará por siempre un hombre admirable. No importa lo que haya ocurrido.

Capítulo 30

A la mañana siguiente, Mollie, Stella, Kara y Margot se dirigen al hospital para poder reencontrarse nuevamente con Lexie, más de cincuenta años después.

Sentadas en la sala de espera, aguardan el momento idóneo para sorprenderla.

– Aún no podemos entrar, Margot – anuncia Mollie junto a otra mujer rubia en la temprana treintena. – Tendremos que esperar un poco aún. Ella es Rachel, mi hermana pequeña. ¿Recuerda que le hablé de ella?

– ¡Oh, sí! Sois muy parecidas. Un placer conocerte, Rachel. Un placer conocer a las hijas de Annelle.

– Lo mismo digo, señora... Margot. Bueno, yo tengo que irme, Mollie. Hablamos más tarde. Encantada de conocerla.

– Rachel se lleva a Aileen para que esté en casa con su prima. Stella ha bajado con Kara a comer algo – le informa de nuevo Mollie. – ¿Quiere que bajemos con ellas?

– No, muchas gracias. Creo que ahora no me entraría nada en el estómago – se excusa, aparentemente nerviosa.

– No se preocupe. Seguro que todo va a ir muy bien.

En ese caso, hay alguien más a quien me gustaría presentarle. ¿Cree que está preparada?

– ¿De quién se trata? – pregunta la anciana intimidada.

Una mujer casi entrada en los sesenta, también rubia, aparece junto a ellas tímidamente.

– Margot, esta es mi madre. Ella es Annette.

Margot mira a Margaret, su Annette, con ojos melancólicos. Traga saliva y se pone en pie para acomodarse a su altura. Tímidamente, lleva sus manos hacia su cara y acaricia a Annette suavemente. Se acerca a su rostro y le besa dulcemente la mejilla. Ese beso sabe a toda una vida, a toda la que se ha perdido. Jamás pudo imaginar que volvería a tener delante a su hija, a su pequeña Annette, ahora convertida en abuela. Sus manos tiemblan ligeramente y sus ojos se llenan de un brillo especial.

Annette, por su parte, no sabe qué decir. Sonríe y acaricia también las manos de Margot. Mira a Mollie y, de nuevo, su mirada se dirige a Margot.

– Sentaos – intenta ayudar Mollie.

Ambas se sientan junto a Mollie y se agarran las manos.

– Mollie me lo ha contado todo. Encontré el diario de mamá cuando era una adolescente. Lo leí, pero entonces no entendí nada. Hablé con ella acerca de él poco después de tener a mis hijas y lo que me explicó me enseñó tanto sobre la vida que creí que sería un buen legado que dejarle a Mollie y a las chicas. Pero jamás pensé que conocería a Margot Dupond. Nunca pensé que le pondría rostro a la otra mitad de la historia, que estaría delante de mi madre biológica. Pero me alegro de que la vida aún pueda sorprenderme.

– Yo tampoco podría haber imaginado que este momento se produciría algún día. Hui de Liverpool con tantos miedos, que pensé que la vida jamás me volvería a cruzar de nuevo con mi pasado. Es maravilloso poder recordar el pasado y es mejor aún recordarlo con las personas que formaron parte de él.

– Huiste a Liverpool escapando de la guerra en Francia y la guerra te atrapó de igual manera. Acabaste huyendo también de allí, escapando nuevamente de quienes habían participado en ella. Y ahora estás aquí, a punto de volver a ver a Lexie. ¿No crees que hay cosas que suceden porque tiene que ser así, porque algo trae consigo?

– Puede que tengas razón. Escapé de mi país para escapar de la guerra y me encontré con ella de lleno. La guerra me arrebató todo cuanto quería, pero también me ofreció los mejores años de mi vida. Y debo estar agradecida por ellos.

– Aquel verano, te enamoraste de mi madre, ¿verdad? – indaga. – Quiero decir, de Lexie – intenta corregir.

– Sí. Pero yo no me enamoré de ella un solo día, me enamoraba de Lexie día tras día, cada vez un poco más. Incluso el tiempo que estuvimos separadas, mi amor por ella no ha hecho sino crecer. Es maravilloso poder enamorarse siempre de la misma persona.

– Lo es – admite Annette cabizbaja.

– ¿No es así? ¿Tú no estás enamorada de la misma persona?

– Sí, claro que lo estoy. Pero esa persona no está enamorada de mí.

– ¿Qué quieres decir? – pregunta Margot sin entender a su hija.

– Me enamoré de un hombre, Frank Preston. Compramos una casa, nos casamos y tuvimos tres niñas preciosas, Sharon, Mollie y Rachel. Las niñas crecieron y empezaron a tener sus novios e ir a la universidad. Y un buen día, pillé a Frank con otra mujer. Pensé que era una absurda infidelidad y quise perdonarle, pero entonces supe que esa mujer era realmente la madre de sus otros dos hijos. Los niños tenían casi quince años. Llevaba más de la mitad de mi vida junto a un hombre al que creía conocer y de pronto me encontré casada con alguien que no era quien yo imaginaba, llevando una vida que no era la mía. Por supuesto decidí separarme, pero las rupturas no hacen que dejes de querer a la otra persona. Llevaba queriendo a Frank más de veinte años, no era fácil dejar de hacerlo repentinamente, pero estaba decepcionada. Y eso no deja que ames a nadie – narra Annette melancólica. – Perdona, no sé qué hago contándote todo esto. Se supone que habías venido aquí a vivir un momento feliz y yo...

– No, no, Annette. Nada de eso. Me encanta escuchar qué ha pasado con vuestras vidas. Aunque aún no me creo lo que está sucediendo, no me creo que seas tú. Al fin y al cabo, tenías apenas cuatro años la última vez que te vi.

– Perdonad, no quiero interrumpiros – comenta Mollie apurada. – Pero la doctora ha dicho que ya podemos pasar. Margot – dice Mollie cogiéndole las manos – ¿estás preparada para ver a Lexie de nuevo?

Esas palabras hacen temblar a Margot. Va a reencontrarse con la mujer a la que tanto amó, muchos años después. No sabe lo que va a encontrarse, o cómo reaccionará ella. Aunque seguro que sigue manteniendo su esencia y continúa siendo tan bella como siempre.

– Vamos – indica la anciana.

Las tres juntas se dirigen a la puerta de la habitación de Lexie y la abren sigilosamente.

– ¿Se puede? – pregunta Mollie antes de entrar.

– Cariño – saluda su abuela desde la cama. – ¿Cómo va ese juicio tan importante?

– Va muy bien, abuela ¿Cómo estás tú?

– Muy cansada, hija. Pero me da energía veros a vosotros cuando me hacéis visitas. Y somos tantos, que siempre hay alguien que quiere verme.

– Pues yo sé de alguien más que quiere verte y aún no lo ha hecho.

– ¿Ah, sí? ¿De quién se trata?

En ese momento, Margot entra en la habitación y se dirige hacia ella. Lexie mira a su visitante y después a Mollie y nuevamente a su visitante. Margot continúa acercándose a ella poco a poco, como si no quisiera asustarla, o como si no asimilara del todo lo que está sucediendo.

– Lexie. Me alegro tanto de volver a verte después de todo este tiempo... – asegura Margot visiblemente emocionada.

Entonces, Lexie parece entender lo que está ocurriendo y se toca suavemente el turbante que cubre su cabeza, como si acabara de percatarse del modo en que ha recibido a

Margot, después de más de cincuenta años.

– ¡Oh, Dios mío! – exclama entonces. – ¿Por qué nadie me ha avisado? – pregunta justo antes de ponerse a llorar.

Margot, a su lado, le pide que no se preocupe.

– Sigues estando preciosa – le indica. Y ambas se funden en un cálido y anhelado abrazo, por el que llevan años esperando.

Ambas emocionadas, se abrazan, se tocan, se sienten la una a la otra, comprobando que lo que sucede es real y no solo un sueño. El abrazo se prolonga durante unos segundos más y cuando acaba, se quedan la una frente a la otra, mirándose. Y vuelve a suceder lo que ya ocurría entonces. Todos desaparecen de la habitación, no sienten a nadie más a su alrededor, solo están ellas dos. Lexie y Margot. Nuevamente, solo ellas dos.

– Seguro que tenéis muchas cosas de las que hablar – acepta Mollie acercándole una silla a Margot. – Nosotras vamos a dar una vuelta. Cualquier cosa que necesitéis, nos llamáis; aunque creo que no va a ser necesario – concluye mirando a las dos mujeres y sonriendo con complicidad a su abuela.

– Hasta luego, mamá – se despide también Annette.

– ¡Dios santo! ¿Qué haces aquí? – pregunta Lexie aún emocionada. – ¿Cómo me has encontrado?

– Lo cierto es que tú me has encontrado a mí. Tu diario llegó a mis manos y, según lo leía, algo iba despertándose en mi interior. Hasta que un día me di cuenta de que esa historia era nuestra, de que tú lo habías escrito.

– ¡Oh, por favor! ¡Qué vergüenza! – exclama Lexie compungida.

– ¡No! No debe dártela. Es precioso todo lo que he leído. Y saber los sentimientos que experimentaste entonces después de tanto tiempo, no ha hecho sino agudizar los míos – admite con su mano entrelazada en la de Lexie, apoyada sobre la cama.

– ¡Esto es increíble! Tú me dijiste adiós y pensé que nunca volvería a verte.

– Cuando dices adiós, no siempre significa que sea para siempre.

– Me alegro de que no lo sea – sonríe ella estupefacta. – Pero ni siquiera sabía en qué lugar del mundo te encontrabas. Aquella carta fue cuanto tenía y alimentó mis esperanzas durante años. Alimentó mis deseos de volver a encontrarte en algún momento.

– Este es el momento, Lexie.

– Solo esperaba que fuera con más tiempo. Y no es algo de lo que disponga ahora mismo. No me queda mucho tiempo, Margot.

– Eso no importa. Creí que habías entendido que no se trata del tiempo, sino de lo que hagas con él. Hay muchas cosas que no son para siempre, pero eso no significa que no puedas disfrutar al máximo de ellas. La gente siempre acaba yéndose, Lexie, y solo algunos regresan. Yo he pasado toda mi vida luchando por encontrar el camino de vuelta que me dirigiera de nuevo hacia ti. Y por fin lo he encontrado. No importa por cuánto tiempo, no voy a dejarte más. No volveré a irme.

– ¿Qué has hecho durante todos estos años? ¿Cómo lograste esconderte de quienes te buscaban? – pregunta Lexie con interés.

– Hui, hui cuanto y como pude. Durante días no tuve dónde dormir, ni qué comer. Solo quería alejarme de allí. Solo quería separarme de vosotros, para que no pudieran relacionaros conmigo. Viajé durante semanas de un lado a otro. Entonces conocí a un hombre, un hombre mayor que yo. Tendría unos treinta años. Él me acogió en su casa, me dio comida y una cama donde descansar. Me aconsejó que cambiara mi nombre y así lo hice. Viví desde entonces como Rose Miller en un pueblo cercano a Londres llamado Ilford.

– ¿Y qué pasó? ¿Quién era ese hombre?

– John Lincoln. Era un hombre bueno, que se apiadó de mí y me acogió como si se tratara de su propia familia – recuerda Margot. – Pero la casa era de su padre y no estaba de acuerdo en que me acogiera de manera gratuita. Así que ya que no tenía dinero, decidió cobrarme de algún otro modo – narra la anciana cuando una lágrima corre por su mejilla.

– ¿Cómo? Margot, ¿qué te hizo ese hombre?

– Durante días, vino a la casa mientras John salía a trabajar y me forzaba. Yo no quería, Lexie – continúa con los ojos empañados en lágrimas. – Pero me daba miedo. No podía decirle nada a John, porque pensaba que si él llegaba a enterarse, me echaría de allí. Y no tenía ningún otro sitio a dónde ir. Así que me callé, me aguanté durante semanas, hasta que un día John se encontró mal y regresó del trabajo mucho antes que de costumbre. Al ver lo que estaba sucediendo y cómo yo gritaba, cogió lo que tenía a mano y le asestó un golpe seco en la cabeza a su padre. Le mató. No sabíamos qué hacer y le ayudé a deshacerse del cuerpo. John era un hombre bueno, de verdad que lo era y no podía permitir que le ejecutasen, o que le mandasen a prisión. Yo pensaba que lo del señor Lincoln era un castigo por las vidas que mi hermano se cobró en la guerra, pero John me ayudó a entender que Raphäel solo hizo aquello para salvar su vida y la de su familia. Acabó muerto de todas formas, pero al menos salvó a su mujer y a su hija durante un tiempo.

– Lo siento muchísimo, Maggie.

El sonido de ese nombre hace a Margot estremecer y volver a aquellos años junto a Lexie. Entonces, se seca las lágrimas y continúa.

– John se encontraba mal aquel día, porque estaba bastante enfermo. Cuidé de él durante seis años y después murió. Yo ya no tenía nada que hacer allí y el lugar me traía tan malos recuerdos, que me daba escalofríos permanecer en él. Así que volví a hacer las maletas y me fui a Londres. Recordé que un familiar de mi madre residía allí, pero cuando llegué encontré que había muerto en la guerra. La ciudad estaba reconstruyéndose, Lexie, pero era tan diferente a como la recordaba... Mamá siempre nos enseñaba fotografías y conocía la ciudad a través de ellas casi de memoria. Pero el Londres que encontré, poco o nada tenía que ver con el de mis recuerdos. Quise quedarme en la casa de los familiares de mi madre, pero otras personas residían allí y jamás podría haberla pagado, era demasiado cara. Así que empecé de cero y me instalé en una pequeña casita a las afueras. Trabajé durante muchos años y finalmente, pude comprarme la casa de los tíos de mamá. Una preciosa casa en Bradford Road, junto a la que años después comprarían Mollie y Stella. Creo que la vida me llevó hasta allí en el momento adecuado. Y así es como conocí a la hija de Annette – sonríe.

– ¿Has visto lo guapa que es, Maggie? Annette, se parece tanto a ti... Durante todos estos años – confiesa Lexie – tenerla conmigo ha hecho, de algún modo, que tú también permanecieras a mi lado. Aún hoy, cada vez que la miro, veo algo de ti en sus ojos y me imagino que aún estás aquí conmigo.

– Te he añorado mucho durante todo este tiempo, Lexie. Tenerte a mi lado lo hubiera hecho todo mucho más fácil, tal y como sucedió entonces. Jamás habría deseado irme, incluso si hubiera tenido que ser con Henry bajo el mismo techo. Estar contigo era lo único que quería. Pero nadie me lo preguntó y la vida me alejó de ti de golpe. Dejarte a los niños fue mi única opción, no quería hacerles unos desdichados. Pero veo que fue la mejor decisión. Les has dado una vida estupenda y hoy estamos de nuevo aquí, recordando todo aquello.

– Sí, pero sé lo difícil que tuvo que ser hacerlo. Nunca he podido tener hijos y era lo que más deseaba, pero siento a Jacques y Annette como si fueran míos. Porque sé que ellos son también una parte de ti

– Tu hermana Abbie, ¿sobrevivió?

– Estuvo enferma durante un tiempo. Como sabes, sirvió de enfermera en la guerra y se contagió de disentería. Permaneció en el hospital durante muchos meses, pero terminó por recuperarse. Abbie siempre ha sido una guerrera – sonríe con orgullo.

– Y, ¿dónde está ahora?

– Desde que yo enfermé, ambas nos trasladamos a

Londres.

– ¿Y su marido? Ese soldado... ¡Jim Pattison!

– Murió poco después de que ella saliera del hospital. A veces, la vida es demasiado cruel. Abbie se casó para tener un marido que le diera hijos y ahora no tiene ni lo uno, ni lo otro.

– ¡Vaya! – se lamenta la rubia. – Y... Bueno, las chicas me han contado... – comienza Margot dubitativa, como si no supiera si debía meterse.

– ¿Sobre Henry? Sí, murió hace casi siete años de un cáncer de próstata. ¿No es paradójico? Ambos hemos sufrido el mismo tipo de cáncer y ninguno de los dos ha podido traer hijos a este mundo.

– Pero le habéis dado mucha vida a otros niños.

– Lo sé... – admite con melancolía. – ¿Sabes? Henry nunca regresó de aquella guerra. Nunca volvió mi marido, al menos no el que se fue. Fue tanto lo que vivimos, especialmente él... Tantas crueldades nos mostró la guerra, tantas miserias nos impuso, que algo cambió en aquel chico inocente que ingresó en la RAF en 1939. Tardé muchos años en volver a encontrarle, prácticamente toda la vida, pero sabía que él seguía allí debajo. Me entristecía sobremanera verle atrapado y no poder hacer nada por salvarle. Quizás habría sido mejor que no regresara. Hubiera preferido recordarle, a no ser capaz de reconocerle. Le quise todos los días de mi vida, Maggie, pero no pude volver a amarle más. Le conocía mejor que nadie y sé que era un hombre admirable, pero una guerra, en ocasiones, saca lo peor de las personas. Y supongo que a Henry le enseñó de la manera más dura y así fue como maduró, bruscamente.

– Lo siento, Lexie – intenta animarla ella. – Siento que la guerra nos arrebató demasiadas cosas a todos nosotros – admite Margot compungida. – Aún hoy, no hay un solo día en que vea la luz del sol, sin desear retroceder en el tiempo y cambiar lo que ocurrió.

– Sí, eso es cierto. Pero alguien me dijo una vez que también nos otorgó muchas otras. A mí me hizo un gran regalo. Te hizo parte de mi vida, Maggie. Tú me diste mucho amor, cuando lo único que había era guerra a nuestro alrededor.

– Lexie, ¿volviste a ver a Alfie? ¿Regresaste a buscar a tu hermano?

– Lo hice. Henry me acompañó. Condujimos durante horas hasta llegar Perth, en Escocia, donde Harold y Vivi Aldridge habían trasladado a mi hermano con apenas siete años.

– ¿Y qué pasó?

– Habían transcurrido otros nueve desde entonces cuando pudimos ir a recogerle. Cuando llegamos, me encontré con un Alfie adolescente. Ya no era un niño, Maggie, se había convertido en un hombre. Pero no solo su apariencia había cambiado. Mi hermano ya no era el mismo. La separación de sus padres es un trauma para cualquier niño, peor que el que le puede causar un bombardeo. En aquel momento yo no lo sabía y pensaba que estaba haciendo lo mejor para él; sin embargo, lo único que logré fue perder a mi hermano en el proceso. Y nunca volví a encontrarle.

– No sabes cuánto lo siento, Lexie. Yo también perdí a la mitad de mis hermanos en la guerra. Supongo que, de alguna manera, sé cómo te sientes.

– ¿Sabes? – continúa Lexie enjugándose las lágrimas y tratando de cambiar de tema. – Estaba muy nerviosa cuando has entrado por esa puerta. Al principio, ni siquiera sabía si era verdad o mi mente lo estaba imaginando. Pero entonces, te acercaste a mí y me miraste con esos ojos verdes y me tranquilizaste de inmediato. Y es de esos ojos de los que me enamoré. De tu mirada pura y de todo lo que ella reflejaba. Tu mirada siempre me ha comunicado un lindo mensaje. Son los ojos que veía en los de Annette y me trasladaban de nuevo hasta ti. Cada vez que veía sus ojos, me enamoraba de nuevo de ti. Y esta tarde ha sucedido, una vez más.

Margot sonríe plena de alegría, toma asiento en la cama, con Lexie y se recuesta junto a ella. Se abrazan la una a la otra y sus miradas se mantienen.

– Cada día he soñado con este momento, con volver a tenerte entre mis brazos y sentir tu calor. Y ahora que lo he conseguido, no dejaré de hacerlo nunca. Si hay algo que estos años alejados de ti me han enseñado por descontado, es que quiero pasar todos los días que me queden a tu lado, Lex.

– Yo también lo deseo así. Sea lo que sea cuanto nos quede – confiesa con melancolía.

– No pienses en ello, Lexie. Siempre has sido una mujer muy fuerte. Eso no va a cambiar ahora.

– Maggie, nunca he dejado de pensar en ti. Ni un solo día. Me casé con dieciocho años, pensando que era lo más importante que haría jamás. Estaba locamente enamorada de Henry. Pero entonces, apareciste tú y me mostraste algo que jamás había conocido hasta entonces. Estuviste a mi lado durante toda la guerra y ese fue tiempo suficiente para que conociera de nuevo el amor, un amor diferente. Pero la guerra terminó y tú te marchaste con ella. He pasado todos los días desde aquel momento esforzándome por permanecer junto a mi marido, pero lo único que hacía era pensar en ti, Margot. La guerra, sin duda, nos cambió a todos. Ya no somos las mismas, pero siento que la vida nos ha vuelto a dar una oportunidad y no quiero desaprovecharla. Sé que no me queda mucho tiempo, pero voy a pasarlo todo a tu lado, si tú me dejas. Quiero regalártelo. Quiero regalarte lo que tengo, aunque ya no sea la persona que conociste. Quiero volver a ser tuya y que me ames como entonces. Mírame, con este pañuelo en la cabeza, casi sin fuerzas y postrada en la cama de un maldito hospital. Así es como la vida ha querido que volviéramos a unirnos, así que no voy a quejarme. Solo queda una parte de mí, la otra ha ido muriendo durante estos años, pero la que queda es toda tuya. Esto es lo queda de mí, Maggie, y es todo para ti. Quiero dártelo. Quiero darte lo que queda de mí.

Pude comprobar, que es perfectamente posible que dos personas se enamoren de nuevo, una y otra vez. Incluso cuando ha habido una vida de decepciones de por medio.

Maggie y yo nos fundimos en un último beso. Aquella sí era la última vez. Nos abrazamos fuertemente y cerramos los ojos, tal y como solíamos hacer aquellos años. La calma que nos transmitíamos la una a la otra, hizo que nos entregáramos pronto a los brazos de Morfeo y así, nos quedamos dormidas. La una junto a la otra. Solas en la habitación. Como siempre, solo ella y yo. Eternamente, ella y yo.

Lexie Buckley
Marzo de 2004

Índice

10286309R00179

Printed in Germany
by Amazon Distribution
GmbH, Leipzig